catch

catch your eyes；catch your heart；catch your mind……

catch 154
青木由香工作手帖

作者：青木由香
譯者：黃碧君

責任編輯：繆沛倫　美術編輯：青木由香
書衣鉛字：日星鑄字行
法律顧問：全理法律事務所董安丹律師
出版者：大塊文化出版股份有限公司
台北市105南京東路四段25號11樓
讀者服務專線：0800-006689
TEL：(02) 87123898　FAX：(02) 87123897
郵撥帳號：18955675　戶名：大塊文化出版股份有限公司
e-mail:locus@locuspublishing.com　www.locuspublishing.com
行政院新聞局局版北市業字第706號

總經銷：大和書報圖書股份有限公司
地址：台北縣五股工業區五工五路2號
TEL：(02) 89902588 (代表號)　FAX：(02) 22901658
初版一刷：2009年9月
定價：新台幣230元

Printed in Taiwan

國家圖書館出版品預行編目資料

青木由香的工作手帖 / 青木由香著.
— 初版.— 臺北市 : 大塊文化, 2009.09
面 ;　公分. — (Catch ; 154)

ISBN 978-986-213-138-1 (平裝)

861.6　　98014022

青木由香工作手帖

あおきゆか　おしごとのしおり

亂，很好

圖騰主唱　suming

印象中第一次見到Yuka，是她帶著一群人來練團室，訪問圖騰樂團的所有團員，訪問的內容我記不得了，但是她哈哈大笑的聲音讓我印象深刻，因為，無時無刻她不在提台灣有多好玩，她也一直在分享，說著她在台灣所觀察到生活中她覺得不可思議的事情，重點是，她一直都在笑啊！很大聲的笑！所以，哈哈！我也就不太記得當時她到底訪問了我們什麼了。

之後，我們圖騰樂團在Live House表演的時候常常會注意到Yuka的出現，也常有機會可以跟她小小聊一回，但真正認識Yuka是跟她一起做事的時候，才發現，她真的做了很多事情，但是萬萬沒有想到，一個在台上的歌手跟一個在台下的聽眾，居然也可以一起做很多神奇的事情，我當過她在台東工作的導遊，

一起做過義賣、合作拍紀錄片、開畫展、在台灣及日本發表新書及新歌的巡迴、擺攤賣飯團……等，直到現在Yuka還要當圖騰新專輯的統籌，不敢相信，這一切都是從她引人注目的笑聲開始的。

我心中有了一點點的結論就是：

你要相信，這世界上隨時隨地都會有奇蹟「亂」發生，所以你可以什麼都去做、認真做、放感情做。亂做會做錯，但錯得很認真會有奇蹟亂發生，所以，錯不是錯，錯是一種冒險、是一種嘗試，當成果會像奇蹟般的發生，會讓人感到「很意外」、「很亂」，但「很亂」卻會讓人覺得很好玩，然後，就會繼續相信這世界上隨時隨地都會有奇蹟「亂」發生，所以你可以什麼都去做。

哈哈！是吧！Yuka！

自序

在旁人眼中，我似乎成天過著遊玩的生活。

事實上，當別人問我，從事什麼樣的工作？

我也總是很困擾，不知如何回答。

我以前曾做過各式各樣的工作。

畫過圖、寫過字、上過電視、出過糗。

也曾做過室內裝修、殯葬業的花飾負責人、壁畫製作、蔬果雜貨店打工、路邊攤賣飯糰、演講、藝術活動的企畫營運、宣傳台灣的活動等等。

有些是我嚮往已久努力完成的工作，有些是為了錢而不得不做的工作，也有原本覺得很無趣但不知不覺卻越做越開心的工作。

到現在我仍然沒有固定的職業，生活不安定。

我父母以前覺得很傷心，但現在好像已經看開了，或是習慣了。

但是，我無法放棄這樣的生活。

原因在於透過各式各樣的工作，和各式各樣的人接觸，體驗各式各樣的事，
可以學到很多東西。如果只是成天發呆，人生一定很無趣吧。
即使我是個笨拙的人，也會全力去做想做的事。

能夠出書
能上電視
能用畫畫賺錢
在國外生活
其實不是什麼困難的事，每個人都做得到。

我們都是有魔法的。只是大家都沒有察覺到而已。

這本書寫的是我至今做過的工作和遇到的人們。
很有意思，或許各位也能從中獲得一些參考。
青木由香的工作手帖。

目次
もくじ

蔬果雜貨屋

八百屋のバイト

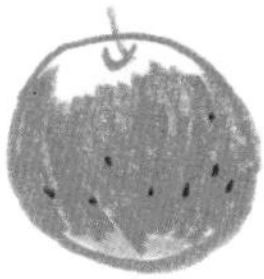

在校風自由的高中時代，我開始了生平第一次的打工，在蔬果雜貨屋。日本的父母為了讓小孩學習獨立和增加社會體驗，只要在不妨礙升學考試的前提下，許多家庭都讓小孩上高中後就去打工，同時也讓小孩學會用自己賺的錢來買自己想要的東西。我們姊妹在一點都不酷的蔬果雜貨屋裡，和歐巴桑們混在一起，努力認真地工作。

日本沒有像台灣的市場，蔬果雜貨屋的氣氛和台灣的市場很像。沒錯！青木充滿青春歡樂且再也回不去的女子高中時代就是在市場打工。夏天很熱，冬天很冷，每天和腐爛的蔬菜和沉重的紙箱奮戰，每天沾滿了灰塵，雙手因粗活變得粗糙，真是件辛苦的勞動工作。我打工的蔬果雜貨屋以便宜出名，或許是因為這裡和超市一樣也賣許多雜貨食品，大部份的客人都是窮人和小氣之士，看不到普通人。這份工作讓我接觸到以前從不知道的類型的人。

讓我先介紹店裡的客人。

機器人婆婆

她總是穿著古老樣式鬆裙、邋遢下垂的套裝裙。戴著有花和緞帶的帽子，帽子下方的頭髮是假髮，有時還歪掉。戴著大大有顏色的太陽眼鏡，眼鏡下方一隻眼睛是義眼。胖胖的身體下方，有著像火柴棒一般又直又細的腿。走路像機器人小碎步。聲帶好像受過什麼傷，一講話像壞掉的收音機冒出來的聲音，即使不說話也會發出噗咻噗咻，像是機器冒出的蒸氣聲。因此，沒有看到婆婆，只要聽聲音也知道婆婆來了。平常幾乎不說話，但同事曾聽婆婆講過英文。充滿了謎。高中生的我們，只是不懂事的高中生，所以給她取了「機器人婆婆」這樣失禮的綽號。

豆腐伯

總是只來買最便宜且最大的一塊豆腐。臉和身體都是客人中最大的。褲子鬆垮、邋遢下垂，臉上滿是鬍渣，戴著帽子。好像不喜歡洗澡，身上總是有著酒臭和屎臭。因為實在很臭，即使還沒看到人，光聞味道也知道豆腐伯來了。冬天時鼻孔垂下的兩道鼻水在鼻子下方五公分處匯流，匯流後變成一道鼻水垂在半空中游來浮去。每次都付零錢，動作很遲鈍，有時鼻水還會滴在硬幣上。平常總是很恍神，但當我將豆腐盒放入塑膠袋裡時，就會突然像變了一個人似地暴怒起來。懷疑他以前可能因為豆腐和透明塑膠袋的組合而發生過什麼不愉快的事，我們姊妹瞪著他納悶。

海苔送貨員

宅配海苔到蔬果雜貨屋的海苔公司的女送貨員。大剌剌、動作靈巧，但是卻有惡習——每次她都會偷偷把店裡的威士忌等東西放在卸完海苔的空紙箱內帶走。即使我們很小心地監視，但她實在手腳太厲害，連高中生的我們都無法看破。

其他還有很多沒有取名的怪客，像是每次為了把塑膠袋套在自己的腳踏車坐墊上而偷店裡塑膠袋的歐巴桑；或是試吃水果時，把水果全部吃掉的客人；擅自偷偷換上便宜的標價的客人；作弊貪小便宜的客人等等。但是，個性鮮明的不是只有客人。

以下介紹蔬果雜貨屋的同事。

S女

我記得她應該是負責馬鈴薯、南瓜和洋蔥等重量級蔬菜的同事。但是，或許是因為S女的臉長得很像馬鈴薯才讓我記錯的。S女身體又圓又胖，沒有腰也沒有脖子。批評別人的外表確實不太好，但S女的臉真的不是普通的大，簡直就是馬鈴薯。馬鈴薯的凹凸不平的凹處剛好是眼睛，凸起的部份則剛好是鼻子和臉頰。聲音有點沙啞，第一眼給人的印象有點恐怖，但其實她是個性直爽又有力氣的歐巴桑。因為老公生病，所以由她工作來支撐一家人的生活，是個很努力的歐巴桑。時常在店裡大聲嚷嚷，因為老公連「屁很臭」都要去看醫生，因而需要很多醫療費，真的很辛苦。

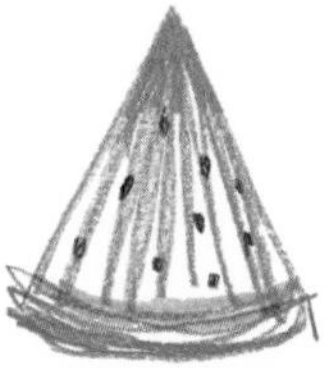

O女

和S很要好，剛好和S相反，她長得又瘦又高。幾乎都在裡面的倉庫分裝蔬菜，不會出現在店裡。或許是很少有機會和我們接觸，感覺她是唯一個性比較正常的一個。休息時大家一起吃西瓜，她總是開心地切西瓜。但是，當我們要去吃時，西瓜最甜的部份已經全部不見了。葡萄和草莓最甜最好吃的部份也全部被她先吃掉了——水果的哪一部份最甜最好吃，因這個休息時間而學到了不少。

H女

負責水果。總是大聲疾呼招攬客人。早上來店裡時全臉塗成白色，夜晚回去時臉變成全黑。因為沾滿了灰塵，加上流汗，都沒有補妝的關係。現在的我也是白天是白臉，晚上變成黑臉，所以很清楚為什麼會如此。水果攤位和馬鈴薯、洋蔥攤位排在一起，H女每天都和S女爭地盤。每次一吵架H總是很生氣地來跟我們這些高中生說S女的壞話。

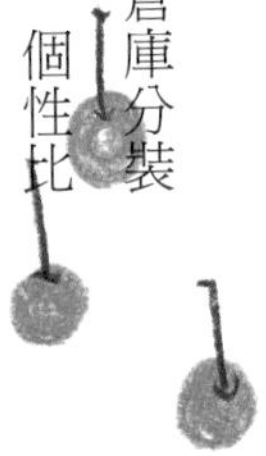

高中生的工作主要是收銀。除了人際關係外，收銀的工作也很辛苦。因為蔬菜最重要的就是新鮮度，到了傍晚價格會越來越低。除了一早開始營業的社長爺進的蔬菜外，蔬果雜貨屋的次男和長男也會各自分別進貨，同一家店裡降價求售的競爭戲碼反覆上演。為什麼除了社長爺會進貨之外，長男和次男也會進貨呢？在這裡簡單介紹蔬果雜貨屋家族。

蔬果雜貨屋的社長

外表看起來孱弱，但其實頭腦很清楚。不愛乾淨，很愛錢。他是個有錢人，幾乎不會出現在店裡。個子瘦小但走起路來跟豆腐伯一個樣，感覺像是豆腐伯的三分之一縮小迷你版。

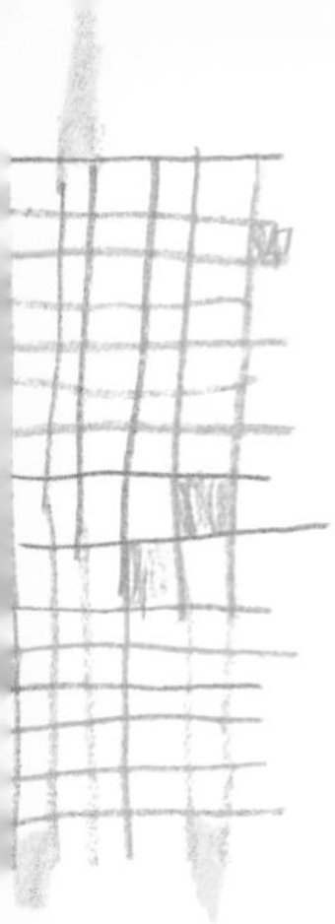

蔬果雜貨屋的長男

社長的兒子。蔬果雜貨屋的繼承人，當時年過五十，太太從早就會來店裡工作，但本人為了和弟弟對抗，傍晚才會出現，懶人。乍看之下好像很聰明，但其實是經營者中最笨的一個。連打工的高中生都能看出他的愚蠢。和弟弟關係不好，很害怕繼承人之位被弟弟搶走。

蔬果雜貨屋的長男的太太

頭腦好又勤奮工作。店裡幾乎都是她在張羅，她是經營群中唯一優秀的人。嫁來關東好幾年了，但依然說著一口東北腔。

蔬果雜貨屋的次男

頭腦好，但是很不修邊幅。被老婆拋棄，有三個兒子各讀高中國中小學。嗜喝酒賭博女色，有時還會一身酒味突然現身店中。平常不會來店裡，只有為了賺點零用錢時，才會在傍晚把自己進的貨拿來店裡賣。一頭白色爆炸頭。心情好時會突然變得很大方，會把白蘿蔔和西瓜讓打工的高中生帶回去。和長男夫婦的關係不好。

蔬果雜貨屋的次男的次男

頭腦很不好，不去學校卻來蔬果雜貨屋幫忙。雖然父母沒有給他足夠的疼愛，但卻給他很多錢。不愛乾淨。因為剛好是青春期，還會在店後偷窺我們高中女生換制服，真是噁心。

蔬菜降價求售的競爭因為這樣的家族成員而越演越烈。比如接近傍晚時，店二樓的爺爺一通電話來了，一把一一〇圓的菠菜立即降價。次男就會突然出現，把自己進貨的菠菜換成兩把一五〇圓。長男的菠菜也會趕緊加入戰火。因為是相同的蔬菜又包裝得很像，收銀的高中生無法立即分辨出其中的差異。而且一旦開始降價，店裡就會出現擁擠的搶購人潮——提醒大家這裡的客人都不是普通的客人——有人會若無其事地把貴的菠菜偷偷換成便宜的兩把菠菜。全部的人突然擠進收銀台插隊。奇怪的客人、關係不好的老闆家族、個性鮮明的蔬果雜貨屋員工、蔬菜的價格不斷下降……在這樣的成員和環境下，能夠完美度過店裡的尖峰時刻的話，真是一件爽快的事。我也因此養成了分辨蔬菜、看透想趁機作弊佔小便宜的客人、暗中盤算較勁的能力。和隔壁收銀台的人比賽誰能在時間內結更多帳也很快樂，我甚至叫同學來看這英勇的時刻。右手一邊打收銀機，只能用左手單手將蔬菜從籃子裡換到新的籃子裡，所以當重量級的蔬菜降價時，手腕甚至得了肌腱炎，手腕處出現像是骨頭突然凸出來的圓腫，對高中生來說，是英勇的證明。我甚至很開心地四處向朋友炫耀。大家都會去醫院打針把裡面的水取出，只有我的圓腫放著不管不久就消失了。姊姊去了醫院之後，回到家說打針很痛，裡面的水很臭，她一邊摸著繃帶時，我甚至覺得很羨慕。

打工的高中生有空時也會幫忙把蔬菜分裝成小袋。馬鈴薯、洋蔥、紅蘿蔔分成一公斤、兩公斤、五公斤、十公斤裝，當時藉由這個訓練，我明白原來人的感覺只要加以鍛練，就不需要秤。可以在看到蔬菜的大小時瞬間知道重量，立即可以裝好一公斤裝的蔬菜。當把分裝好的蔬菜拿到店裡時，突然聽到S說：「好臭！」然後用掃帚把「豆腐伯」趕出去。在這裡也讓我學到什麼是歧視，心裡有點糾結。每次回到家，我們姊妹總是爭相跟媽媽報告今天很厲害地分裝了剛剛好的蔬菜，或是豆腐伯的悲劇等等趣事。看到我們拿著新鮮便宜的蔬菜回家，媽媽也很開心，所以只要成績沒有變差，老媽也沒有要求我們辭掉工作。也了解原來老媽是個現實的人。如花的青春女高中生姊妹穿著制服開心地抱著一箱新鮮還沾著泥巴的白蘿蔔、牛蒡、蕃茄搭電車回家雖然引人側目，但是很愛吃的青木姊妹卻一點也不在意。開開心心地討論著要做很多美味的蕃茄醬裝瓶，還是拿去奶奶家等等，抱著蔬菜回家。

這份在蔬果雜貨屋的工作：

- 接觸到身邊沒有見過的類型的人。
- 學會暗中盤算較勁的能力（現在已完全消失了）。
- 養成了瞬間能分辨相似蔬菜的能力。
- 培養了能立即看穿詭異客人小手段的動物直覺。
- 知道原來身體裡也有一個秤。
- 學到看到新鮮蔬菜和水果就會很有元氣，精神爽颯。
- 體驗汗水淋漓工作賺錢的喜悅。

這些都是打工時學到的事。感謝。

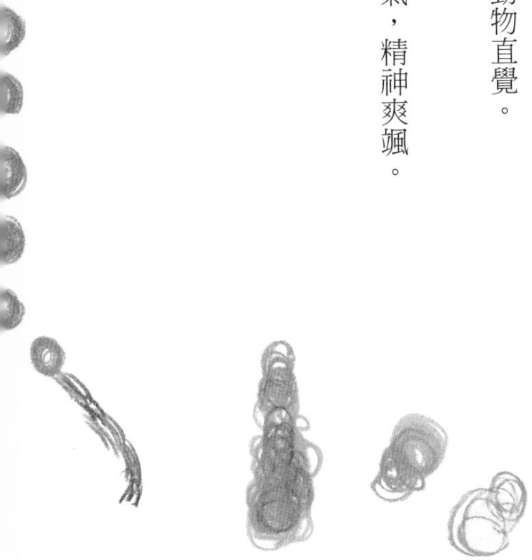

附加

＊＊體內度量衡的悄悄話＊＊

只要健康狀況良好體內的度量衡會很準。習慣的話，不管是一公斤還是四十公克，立即能記住手的重量感。相信自己的感覺吧。體內的度量衡也可用在時間或長度。例如，不用鬧鐘就能準時起床是件超級簡單的任務。睡前只要對自己下咒語「幾點要起床」再上床，早上就會在幾點到之前醒來。十分鐘或一小時的午睡，也能自己控制。只要輸入頭腦裡就ｏｋ。不論睡眠時間很少或是很累，我在五年內只睡過頭一次（儘管有起床後東摸西摸然後遲到的經驗）。我將它稱為「毅力起床」。此外，長度也適用體內度量衡。把手伸到最大時，我的姆指到小指大約是二十公分。只要記得這個長度，即使沒有量尺，也能知道大約的長度。例如，在外面很想知道廁所大小時，或是外出時突然看

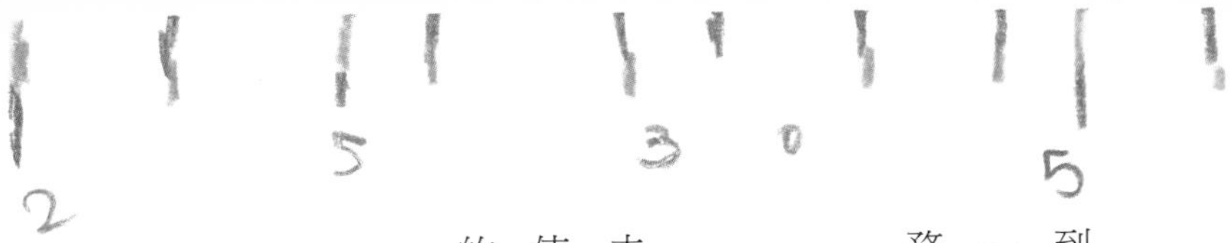

到意料外的家具，想知道大小是否適合自己的房間時，都很有用。我把它稱作「由香尺」。體內度量衡只要是健康人士，是每個人都能方便使用的道具。請務必試看看。

＊＊蔬菜中獲得元氣的悄悄話＊＊

新鮮的東西都會發出α波什麼的。我即使不買東西也會經常上市場或超市去吸取元氣。如果看到新鮮便宜又好的蔬菜就把它買回家料理。人也是動物，使用火、水、刀子就會覺得精神暢快。上市場超市和料理可說是精神煥然一新的最佳方法。

畫畫的工作

絵を描く仕事

從什麼都沒有，然後創造出什麼東西，並且可以觸動人心的小小漣漪。我想成為能做出這樣東西的人。

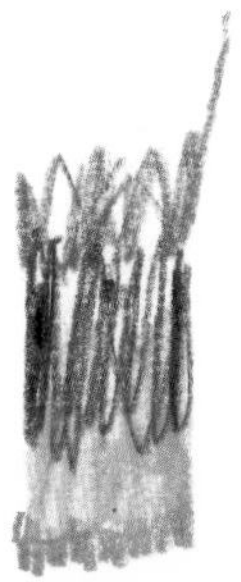

小時候我超級超級喜歡畫畫，每天每天都要畫畫，到了沒有白紙可能會死的程度。因此，媽媽買給我的繪圖本很快就用完了。家裡的人、親戚家、住在對面的阿姨，不論去到哪裡，周圍的大人們都會把廣告、包裝紙、背面是白紙的紙都收集起來，為了給我。

熱中畫畫後，我開始替自己畫的東西編亂七八糟的故事。出場的人物很多時，還會變聲來說台詞，附加演技。用低沉的聲音裝壞人，「喲喲、小姐喲～」一邊畫可愛的正妹一邊說著，「哇——誰來救我啊～♡」。每天晚飯前後

反復相同的事，被姊姊嫌棄，「好噁心喔！」但我卻一點都不在意，直到後來長大，看到年幼的表妹演著，「啊——救我啊～♡」的樣子，才發現這種情景真的很奇怪，這才努力忍耐，不再說些奇怪的台詞。那時，畫畫對我來說比三餐還愛，畫到一半要出門時，我甚至會把畫具整個一起帶走。

四、五歲時我開始去上繪畫教室，九歲開始學油畫，認識許多道具和畫材，就能把自己腦裡的想像具體呈現出來，有了這種想法後，我於是想進美術大學。十六歲的夏天開始學素描。

當時和我一起參加考試的世代，剛好是第二次嬰兒潮，約有兩千人參加知名的美術大學考試，但合格的只有四十人出頭。應屆合格率大概只有一成。不知是幸還是不幸，開始去美術系補習班時，我畫的第二張、第三張素描就被登在預備校的手冊上，後來參加比賽也曾獲得第一名，於是便把目標鎖定在東京藝術大學。被說是「頭腦好的代名詞」的東京大學，只要拚了命讀書就能考上，但東京藝術大學則是被認為，即使拚到死甚至投胎轉世，沒有特殊的才華是進不去的。整整三年到四年的時間，我每一天花十五個小時畫畫，手的指紋因摩擦畫紙而消失，作品每天都被拿去和別人比較。因為考試不是像方程式一樣有標準答案，只能靠自己一邊摸索一邊畫。一定要畫得比別人好才行，畫畫變成要比出勝負的事，精神上和體力上的負擔都很大，但當時腦裡只有畫畫一事。有相同目標的對手，每天每天都談論畫畫的事。雖然這是人生中最辛苦的時期，卻也是最充實的時期。可惜辛苦的努力並沒有結果，也沒有考上東京藝術大學，剩下的是已無法自由自在畫畫的我。但是，那一段努力的日子真的很爽朗。如果能再回去一次，我還想再回到那個時代。

之後，我進了多摩美術大學，因為考試後遺症，讓我過著悶悶不樂的大學生活。但是，我已經盡力了，當時沒有好的結果，也只有先不管它，總有一天

會結果吧。現在覺得很開心的是，有時可以靠畫畫賺取收入。但是，現在我沒有每天畫畫。這會讓我回想起考試時的辛苦日子，但更大的原因其實是，我是個懶人。再加上每年越來越老油條，非得等到快來不及了，我才會開始動工。平常不趕工時是否就能自由自在地畫畫，似乎是我今後的一大課題。

現在我想盡量回到當時畫畫是件快樂到不行的天真無邪、流鼻涕的小時候，並且努力拿出當時，「喲喲、小姐喲～」「啊——救我啊～♡」的精神。什麼也不要思考，拿起筆就開始畫，畫到一半把紙上下顛倒，或裁成一半來看，再加畫什麼再瞧一瞧，瞧出什麼名堂時，就把它畫成青蛙、畫成花。瞧不出什麼名堂的東西，就先放一年，有時會突然看出些什麼。盡量自己試著一邊說，「青蛙先生，咯咯咯」一邊畫，但成為大人後，有時真的寫了咯咯的字樣。但是，能畫出很有味道的字也不錯。有時會先設定具體的主題後再來畫，

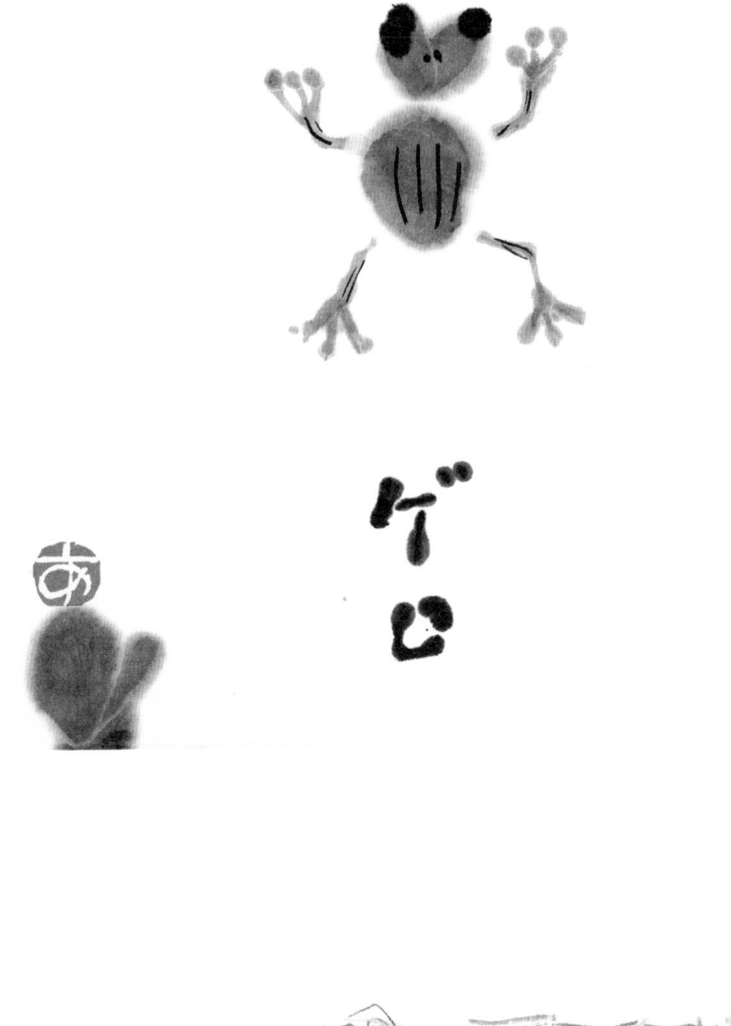
ゲロ
あ

但事實上想畫的不是具體的東西，而是一種心情，此時也會想怎麼樣留白構圖才會更好。

我時常在思考，要怎麼樣呈現自己的作品？

例如，把盤子隨便放在桌子上。雖然結果看似相同，但只要多用點心思，深呼吸之後再放盤子，差別真的非常大。當以不同的心情來看待時，也就是人的氣也會影響物品，這是年長的魔女朋友教我的。此外，放作品的地方如果也能細心地弄乾淨，好的氣就會流通，整個空間會變得煥然一新。舉辦展覽時，為了讓會場充滿自己的氣，自己能做的會盡量做。畫廊的人如果沒有好好的把

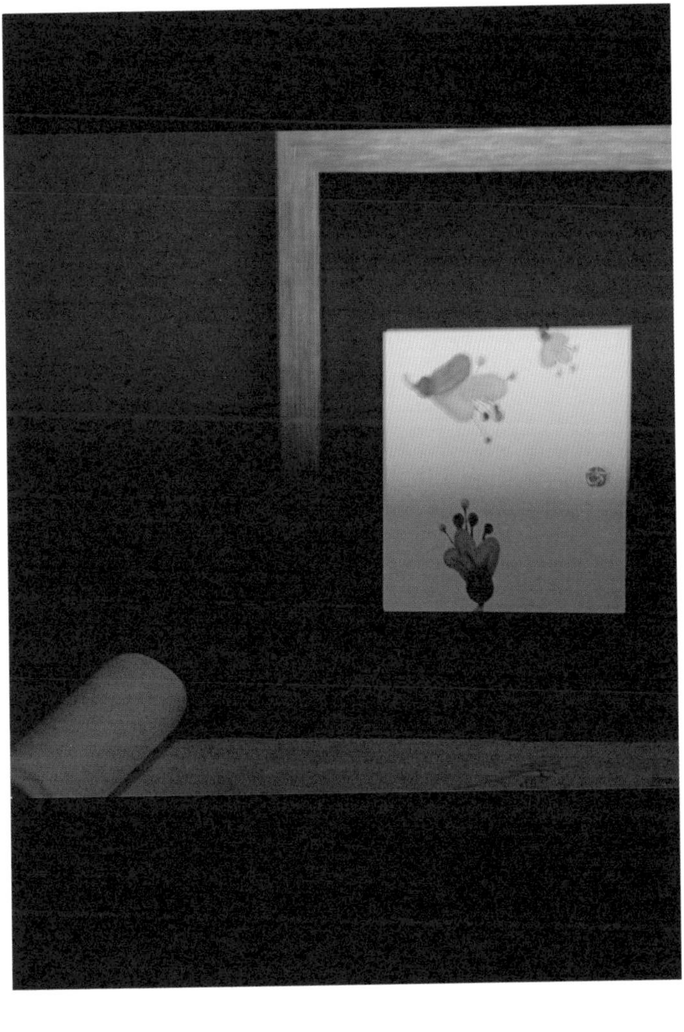

展場打掃乾淨，我就早點去，自己動手做。牆壁髒的話就自己上漆。展示作品的空間也要確實地用心去佈置。事實上，即使無法畫出很好的作品，只要很熱情投入這些事，就能讓作品突然變得很亮眼，像施了魔法。當然，裱框當然也要拜託工作室很整齊乾淨的阿伯。

每件作品就像是自己的小孩和分身。辦展覽時雖然會用心創作，細心佈置好展場，但在展場上賣畫的心情很複雜。賣出去時會像擔心出嫁的女兒，不知買方是否會珍惜。賣不出去時，則會懷疑是自己做出來的東西不精細，感到不安。此外，如果都是認識的人來看展覽，會覺得都是熟人在捧場，認識的人如果都不來，又覺得大家好冷淡。

我有點後悔學了太多，但高貴的藝術對我來說太困難，現在我只想做出和自己等身大的作品。小時候不會思考困難的事，只是單純開心地畫畫。我希望

作品能讓一般人看，不用管它是不是藝術、美術，就像小時候，看到我畫畫就很開心、一起替我收集紙張的人一樣，如果對方也能感受到一些什麼就好了。

從什麼都沒有創作出什麼，然後能微微牽動人的情感。畫畫如果能做到這樣，就很足夠了吧。

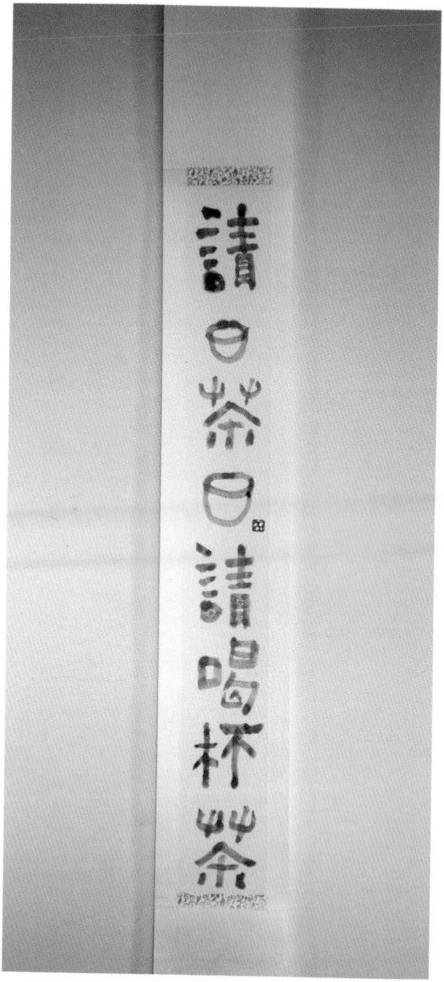

大學時代亂七八糟的打工

大学時代のすっとぼけたバイト

在泡沫經濟即將結束前，我剛好是大學生。我利用美術大學生（簡稱美大生）的特殊身份，做過許多相當詭異的短期工讀。以下就介紹幾個足以代表的經驗。

畫插畫集的插圖

這是個短時間之內可以賺到最多錢的工作。美大生因為只對實際製作作品的技術有興趣，在英語、美術史、文化人類學的課堂上，大家都會私底下偷偷地做自己接的工作。在一小時的課堂上專心地畫一張三千日圓的插畫，甚至還曾賣到十三萬日圓的高價。用粗的麥克筆畫十二星座，或是畫運動中的人等等能方便用在明信片等簡單資料上的單張插圖，只要咻咻地迅速畫出沒有個性特色的畫，然後寄給對方即可。還未滿二十歲的學生一個小時賺十三萬日圓，是之前沒有過，之後也不會再有的好康工作。現在回想起來，原來這就是所謂的泡沫經濟。

撰寫心理測驗問題的工作

這份工作不是只有接受工作的我們不好，甚至可說是這世界上最亂來的工作吧。當時日本很流行心理測驗，有某家公司要製作遊戲化的心理測驗軟體，於是和大家一起杜撰內容。心理測驗大概是這種感覺。

現在，你正走在一條路上。

請問：這是一條怎麼樣的路？

1 筆直的道路

2 彎彎曲曲的道路

3 危險的坡道

依選項有不同的答案，測驗出你現在是否處於迷途中，或是很順利，剛好說中的話，就會很開心的測驗。

於是乎，我們思考的內容如下。

當你回到家打開冰箱時，
冰箱裡有一個女人名叫加藤，
請問，她是個怎麼樣的女人。

1 笨蛋，但可愛

2 頭腦好，但很醜

3 可愛，但很臭

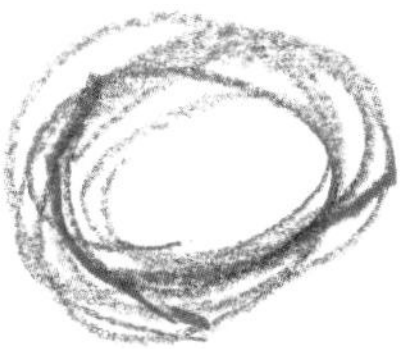

加藤是我高中時的死黨之一。加上專有名詞在心理測驗的軟體中其實一點意義也沒有，但我們想，反正我們欠缺社交生活，加入朋友的名字，至少我們自己能夠樂在其中。一邊寫，一直思考這種問題，到後來覺得答案沒有一個讓人想選，似乎是我們的sense太差。我們不知道我們想出來的那些問題後來是否真的做成遊戲軟體販賣，對方說監修會掛上某位心理學老師的名字來發行，因而買下了內容。看來，不只是我們不好，買的人也不好。

製作壁畫的工作

這是最辛苦的打工。大學的兼任講師利用學生的勞力來賺取金錢，在校內不得公開的祕密工作。工作內容是製作高級會員制的高爾夫球俱樂部的櫃台壁畫，工作的地方是建築現場。從下訂單訂製腳架到製作給負責人看的簡報，什麼都要自己來。當然，也碰過很多失敗和錯誤。最痛苦的是訂錯腳架。要畫的部份是接近天花板的牆。因為算錯腳架的高度，站在腳架上的時候，剛好在天花板往下一百五十公分的奇怪位置，沒有一個人能夠把身體伸直，只好一直彎著腰畫。因為天花板留有要裝設燈的洞，把頭放到洞裡才能把身體伸直。每個人選好一個洞，分散在各個洞，各自喝果汁休息。只記得大家一直很感謝洞。個子高的男生把頭伸入天花板的洞裡，臉剛好在天花板上面，也就是說，頭伸到天花板內側的黑暗世界，一邊討論。以我們女生的身高，眼睛勉強出現在天花板上方，就無法好好的參與討論。因為是在這種狀態下，即使很認真地在做，也看不出我們的認真。

壁畫製作是結合好幾位很有個性的美大生來完成一件作品，我們也常因而吵架。比如，我們想用海綿畫出黃色調的白樺林，每一個人負責一個顏色。如果有其他顏色的負責人來動自己畫的樹就會莫名地生氣，「被你畫了之後就變得很奇怪，」有人就要開始罵人。因為沿著牆壁的腳架剛好呈ㄇ字型，要去另一邊敵人的地區要繞大半圈才行，即使再怎麼抱怨，敵人太遠了，哼了一聲，不理人繼續畫，於是生氣的人被惹惱，開始把筆和抹布丟向對方，邊說著，「不要碰也不准畫。」或許是因為站不直的關係，大家都積了一肚子的疲憊和怨氣。

因為高爾夫球場位於鄉下地方的山裡，我們疲憊的身體只能每晚在古老又破舊的民宿暫時休息。住了幾天後，老師突然來探班，看看我們工作的樣子，然後打擊大家的士氣後離去。

「喔，托大家的福，我又買了新車。你們加油啊。我就能吸更多金了，哈哈哈。」趾高氣昂地說完這些欠扁的話離去，自始至終老師的嘴裡吐出來的話都一樣，而且真的換了高級進口車。

後來，我們的頭頭興起了反抗之念，直接自已去接壁畫製作的工作。但是，這次要在婦產科分娩室的天花板畫葡萄的藤枝，一整天都必須抬頭，脖子和手到了傍晚都放不下來，真是很痛苦的工作。我們全員一致認為壁畫是種懲罰人的辛苦工作。

香奈兒時裝秀的fitter（穿衣助理）

聽起來似乎是很酷的工作。但是，事實上卻是在高得像線一樣瘦的模特兒腳下爬來爬去的卑微工作。因為模特兒的褲子不能有一點皺摺，因而我們得要幫她們穿鞋；還要把從前台走完秀返回後台的模特兒脫掉的衣服一件件撿起來；還得正確迅速地幫忙把下一次上台的飾品衣服穿好，讓模特兒再次上台。在混亂中要把下一次出場的衣服一一穿好，再把上一次脫掉的衣服整理好，簡直是和時間作戰。用笨拙的英文和外國模特兒溝通，一堆人忙得團團轉，模特兒身上只掛著一條內褲，兩點外露，胸部搖來晃去，和前台的優雅簡直有著天壤之別，完全無法想像。

巫女的打工

朋友吵著即使一生只有一次也好，想要扮成巫女的樣子，也就是想在元旦當天扮成巫女在神社賣符。這樣的工作當然不可能召募，是朋友查電話簿後，擅自打電話到東京都內的神社詢問，沒有面試就錄取的工作。因為是知名的神社，元旦當天因參拜的客人很多而十分混亂。抵達後也沒有聽神社的人的說明，就立即換上巫女的裝扮開始賣籤。因為之前習慣了做服務業，客人一多我們便不自覺想多賣一些，大喊著「歡迎，歡迎」，心情十分興奮，雖然東西沒有降價，卻亂喊：「很便宜喔！快來買，快來買——」扯著嗓門大聲嚷嚷，因而被罵。神社不是一般的商店，和客人收錢時，不能說：「請您付七百日圓。」要說：「請您奉獻七百日圓。」且要輕聲細語地說才行。神社的籤不是用賣的，而是用御守和籤來換取人們的奉獻金，這是根本的想法。

我們完全不明白內情，只是扮成巫女的樣子，在參拜客眼中看來等於就是神社的人。除了負責賣籤，也被問到許多關於神社的事。一起工作的朋友雖然頭腦很好，但個性卻很隨便。當被問到廁所在哪裡時，她當場隨便扯了個謊：「從那裡直走，然後右轉，第一個路口再左轉就是了。」然後笑著說：「現在這麼擁擠，他們肯定回不來了，沒關係！嘿嘿嘿。」也有參拜客問到：「之前的籤想處理掉，要放在哪裡好呢？」她竟然回答：「啊，請丟在那邊的垃圾筒裡。」在日本，神社求的籤或是御守過了一年後要拿回神社，神社會集中燒掉。和一般的垃圾丟在一起會受到懲罰。朋友說，反正最後一定是和神社的一般垃圾和枯葉一起燒掉，被參拜客和宮司（神社內的主管）罵了。之後，雖然跟參拜客說：「就交給我們來處理吧。」然而事後還是把它丟進自己腳邊的垃圾筒裡。

因為天氣很冷，我們在巫女白色的和服下穿了厚厚的毛衣做了萬全的禦寒準備。袖口和領口都看得到毛衣，因為穿得很厚重，兩個巫女看起來像是雄壯柔道的選手。我們兩個假巫女在參拜客都散去的晚上，被吩咐鑽進神社巨大的奉獻箱裡把零錢以外的大額紙鈔拿出來。從有點高的地方跳進去，我們兩個女巫潛入奉獻箱後，像毛毛蟲一樣在錢堆裡滾來滾去。

朋友的目的是想拍下巫女模樣的照片。在打工的最後一天，帶著拍立得到神社準備拍照，但按了好幾次快門照片都出不來。後來硬把一張照片拉出來，結果一張底片上重複拍了好幾次，上面有著好幾個半透明的巫女，看來就像是靈異照片，很恐怖。由於最大的目的沒有達成，我隔年只好又陪她去相同的神社當巫女。

除了上述的工作外，我當時還曾到電視節目背景製作公司去幫忙塗油漆，或是削保麗龍，如果覺得有趣的工作，甚至混入男生堆中，什麼都去試。我認為日本的大學生就是為了要打工賺錢才當大學生。一般的大學生會去餐廳當服務生或是做收銀員，我在大學時期則多半做的是肉體勞動的工作，把在短期內賺到的錢當成是貧窮旅行費和作品製作費。

跳蚤市集

フリーマーケット

大學畢業後開始一個人生活時，我發揮智慧過著貧困卻快樂的生活。我住的地方騎腳踏車不到幾分鐘就是一大片農地。騎越遠，種稻的農家越多，有些地方有投幣式自動脫穀機。我當時透過認識的人直接跟農家買沒有農藥的便宜美味玄米。米在有稻殼的狀態下（＝糙米）保存，要吃之前再去殼是最美味的——去過殼的米，會因爲米表面的米糠酸化和乾燥而降低了米原本的美味。因此，爲了吃到新鮮的米，天氣好時，我會騎著腳踏車在農地裡尋找自動脫穀機。騎在路上，除了奔馳在綠色稻田中筆直道路的爽快感，還有另一種樂趣，那就是可以買到便宜的蔬菜。農家有時會把蔬菜放在路旁的紙箱裡販賣，也就是無人蔬菜攤。每一把只要一百日圓。有時還可以買到農家種的自家用無農藥的美麗蔬菜，比超市還多，且便宜又新鮮。當時男朋友來家裡時，我都會叫他盡量經過農地，順便買便宜的蔬菜來。

有一次他來時跟我說，發現了一塊有趣的田。過幾天我們一起去看，發現是一大片波斯菊花田，還立著小小的牌子，寫著「任你摘一百日圓」，一旁放著一個投錢的小罐子，這是可以盡情享受摘花樂趣的無人花田。兩人只要兩百日圓，我們摘了雙手再也抱不住的滿滿波斯菊回家。

第二天剛好有藝術節跳蚤市集，我經常參加這個市集。藝術節的跳蚤市場有很多地方都要審查展出作品，因爲展出者的水準很高，所以有很多競爭敵手。但與其說是爲了賺錢，參展的主要目的其實是希望有更多人能看到自己的作品。每位展出者爲了吸引參觀者的目光，都會絞盡腦汁想點子。有人會做很漂亮的包裝，一點都不像是手作的；也有人放音樂來吸引人氣；還有人裝扮得怪模怪樣。參加跳蚤市集的樂趣在於，即使只賣一百日圓，只要有人願意掏出錢包把自己的作品買回去，就會很高興，比起辦展覽，更能隨興地拿出更多的作品給大家看。

於是我把在無人花田摘下的波斯菊帶去跳蚤市集。波斯菊被剪下後無法維持太久，很快就會枯萎，一整天放在家裡，回去後肯定不能再欣賞。因此，我想到把這些花帶到跳蚤市集，用來裝飾會場，也可以讓大家欣賞。把花帶到會場去的單純想法，沒想到產生意料之外的效果。跳蚤市場裡販賣的商品——包括我做的染色作品或是用紙做的卡片和月曆，還有其他攤位，都是陶器或銀飾品等——當然沒有活的東西。因此在攤位上放了大量的花之後，攤位變得十分醒目。參觀者看到我攤位的波斯菊，像螞蟻一樣不斷湧進來，我也變得很開心，沒想到可以和這麼多人介紹自己的作品。然後，我想到可以送每個客人一朵花。↓拿著花的客人在藝術節會場裡四處逛。↓其他看到花的客人被吸引，尋問拿花的客人是怎麼回事。↓於是客人引來客人，攤位裡人潮不斷湧進，我也興奮得合不攏嘴。這次因而能夠和很多人對話，並且介紹自己的作品，體驗了十分充實的跳蚤市集。

再回到之前的無人市場的話題，也有地區將這種農家的無人市場稱爲「良心市場」。賣方主人雖然不在，買方仍以自己申報的金額付款，是個靠買方良心的買賣。農家的想法是，如果沒有錢付，拿去也沒關係，因爲這些是農家自己吃不完的蔬菜，與其留著讓它腐爛，不如分給需要的人。意外的是，沒有人像小偷一樣把菜全部拿走，這也就是從以前在鄉下就存在，靠雙方良心而成立的無人市場。我把花帶到跳蚤市集，可說是把良心市場的良心再分送給大家。

這麼說來，我們家以前也曾做過類似良心市場的事。不收錢，把家裡整理出來的大量且沒有使用的食器和雜貨放在家門前，並立了一張牌子「請自由帶走」。過了一陣子都沒有動靜。老爸因爲沒有過這樣的經驗，一個人興奮地在家不斷偷偷窺探外面的樣子，再一一來跟我和媽媽報告，什麼樣子的人現在正接近，好像很想要的樣子。我心想，即使有人有興趣，也會在意老爸的視線吧。老爸有時移到二樓的陽台，有時走到外面假裝打掃，一邊觀察。「唉啊，你在看的話就不行啦！」雖然我們這麼說，他還是很在意，無法不去注意。突

然，老爸好像發現什麼的樣子，開始在家裡翻來翻去，然後又走到外面。老爸把手提袋放在我們家整理出的物品旁。「沒有這個的話，餐盤很重，很難帶走。」確實如此。或許是因爲有了手提袋，或是在我們吃中飯時沒有了老爸的監視，幾個小時後，我家門前的東西全部消失得一乾二淨。

跳蚤市集或是良心市場或許無法發展成能夠賴以維生的工作，但也是要動腦筋，學到的東西也很多。雖然是小事，只要細心留意，很多事就能順利地進行吧。

統籌連絡人

コーディネーター

在台灣生活，將最新的台灣事物介紹到日本，是我引以爲傲的工作。可以吃到許多美食，還可以去很多地方，這樣的工作或許很多人都有興趣，但其實很辛苦——要先探勘採訪的地點、連繫日本和台灣兩方、事先預約，還要口譯，這是一份需要體力和人脈的工作，也是個體驗兩國文化差異的作業。日本方面總是希望能盡早確認行程，但如果太早確定行程，台灣方面不是突然取消約定，不然就是被忘得一乾二淨。就算再美味的食物，不是等拍完才吃冷掉的，不然就是一天連拍好幾個地方，吃到都快撐死。絕對不是件輕鬆的工作。

什麼事都要按部就班來的日本和隨興的台灣之間，我個人做過的最辛苦的一次工作經驗，莫過於原住民樂團圖騰的紀錄片拍攝。日本VS原住民，嚴格得很神經的日本人VS隨興得很神經的原住民，正如各位想像的，是個磨損消耗靈魂、根本不是人做的工作。本來神經就不太完整的我，終於這一次也因此神經斷裂了。

導演是在日本廣告界和雜誌、音樂雜誌等媒體十分活躍且有人氣的攝影師若木信吾先生。在日本都和木村拓哉、淺野忠信等，大家都認爲「帥斃了！」「超酷耶！」的第一線時尚型男等人一起工作，他發行個人攝影雜誌，還舉辦許多個展、出攝影集，可說是現在日本最受關注的攝影師。跨行當起導演的第一部作品在海外的電影節獲得了極高的評價。作品很美，傳達了對爺爺的溫暖思念。圖騰就是受到這樣的若木先生的青睞。

若木先生第一次見到圖騰是他們出了第一張專輯過了兩、三個月時，在第一張專輯發行前，我先讓若木先生聽圖騰的作品。當然在日本沒有人知道圖騰是誰。他們的魅力除了歌詞和曲子都很棒外，另一個是他們打從心裡享受音樂。現場去聽他們的演唱時，才意外發現主唱的鄉下風格，從其時髦的歌聲絕對想像不出來。除了很愛說笑充滿歡樂的現場演唱外，還是個以自己的故鄉和出身為傲的優秀樂團。但是他們的魅力，要很了解他們之後才會感受到，光靠幾張照片和短片，只會覺得他們是個鄉下的樂團。很遺憾的是，這個世界的大部份事物都是靠視覺的情報被判斷。我和大家相反，不太注意外表，有時會因內在而高估或低估原本的外表。我覺得很有價值的東西，時常有很多人不認同。在這裡插一下話，我很不喜歡美型男，我喜歡的類型是「很適合鼻屎的男人」。以前我曾和很帥的男人交往，在一起久了，不論如何，我總是會看到男人的眼垢或是牙齒上沾了海苔，當時覺得很失望，覺得都是我自己不好，幹嘛亂看，後來我開始覺得，最好是即使沾了鼻屎也不會讓人覺得失望的男人才夠MAN夠酷。有點離題了，換言之，我如果對別人的外表做了什麼評論，絕對是善意的。

導演在日本被認爲是「要拍男人找若木信吾準沒錯」（這是網路上寫的）的人。因爲我很想知道這樣的人會怎麼拍我眼中的未開化原人（註：沒有惡意。意思是未被發掘的純眞之人），也很想和若木先生一起工作，於是在日本和台灣爲電影卜了卦，並且在導演的背後不斷地下咒語，做了種種努力，終於讓導演士氣高漲。

第一次的台灣外景拍攝，是要回鄉下拍參加豐年祭的樂團成員。當日本的工作人員一切準備就緒，要來台的幾天前，主唱的S先生突然說出傻話：「我不能去台東，請他們下次再來。」S先生出名的地方即是每次都把行程搞亂，這次也因爲無法做好自己行程的控管，以致於無法離開台北。

「啊——」

我很想把他的腦袋劈開，看裡面到底裝些什麼，雖然他還是自願當拍攝團隊司機的候選人，但光一句「我不能去」是無法交代的，如此一來其他的團員也無法拍攝。完全沒有想到從日本來的工作人員的機票錢、飯店錢、準備好的器材、大家的時間、租好兩星期的車子、S先生的機票，大家辛苦準備了一年多才成行。我的胃突然糾成一團，只能半威脅、半哀求，加上拜託，總算把他綁在隔天的飛機座位上。但是，S先生不是這麼容易對付的狠角色，一到台東，他看到故鄉的朋友們，就想去海邊玩。因爲要拍攝他久未居住的台東的家，爲了打掃，我甚至取得預算買了寢具和風扇，他竟然還想逃。而且，隔天就要開車了，他竟然還沒有去考駕照。這一切看起像是騙人的，但全部是眞的。我和他急忙去拍證件照，差一點趕不上報名時間，在我的監督下，總算順利取得駕照。

可怕的是圖騰裡有四個這樣的原住民。拍攝團隊原本想在各部落舉行的三個祭典中來回，導演到了現場後也突然眼睛一亮，期待和工作人員一起拍到很棒的畫面，但這竟然是個無法實現的夢想。因爲在阿美族的祭典處等了幾個小時還不開始，又顧慮著排灣族的儀式的時間，於是一行人決定移動，但到了當地，排灣族的儀式已完全結束，即使快速趕回去，也來不及看到阿美族的祭典，工作人員念頭一轉，決定把希望放在夜晚卑南族部落的圖騰現場演唱，據S先生的情報，在開始前抵達卑南族部落，但演唱會卻已結束，當然主唱S先生自己也沒趕上現場演唱。當時四位日本工作人員張得大大的四張嘴，現在依然印在我的腦海裡。

「原住民的時間都是憑感覺的。」吉他手X先生裝酷不斷重複跟我說，但我完全不想譯成日文給大家聽。

在國外做統籌連絡人的工作，沒有前輩的指導，也沒有特定可參考的書面資料。盡量滿足從日本來的人的要求，讓採訪過程順利進行是理所當然的事。再加上爲了讓大家能更了解台灣的魅力，所以也會安排觀光行程，乍看之下或許覺得是在玩。但是，即使我盡量不表現在外，心裡還是會不自主地盤算，似乎應該要找廁所了？事實上，連大家尿尿的事都要擔心。所以如果採訪連續好幾天，我整個精神繃緊，連晚上也睡不著。和當地的人面對面溝通，也是統籌連絡人、口譯的工作之一。和只會見一次面就回日本的人不同，下次也有可能會再訪，所以在採訪時也要顧及當地人的感受。例如，餐廳的採訪，店家端出來的東西，即使吃到想吐或是不合胃口，如果大家不吃，我也要硬把它吃下去。連續採訪五家麻辣火鍋店時，或是一早社長突然拿出啤酒要大家喝，也不得不喝。還有，邊吃還要邊口譯，也要把自己了解的當地的情報介紹給日本人，「台灣人的口譯＋日本人的口譯＋自己想要表達的事＝要講比平常多三倍的話」。一天中，一個人奮力吃奮力講，直到聲音都變沙啞的胖子，變得講話很快，帶著睡眠不足的臉，正是我工作的樣子。遇到圖騰時，還要加上神經兮兮、再三叮嚀才行。換句話說，我會變成聲音沙啞很多話充滿怒氣又一臉睡眠不足的煩人胖子。因爲喜歡圖騰，希望他們在日本也有人氣，所以才拚命努力，變成這樣的女人，眞是唏噓。

以前曾有人拍過我工作時的記錄片。我覺得實在不堪入目，甚至傷心到回家偷哭。但是，有人跟我說，全心投入工作的模樣很不好看，這是理所當然的。我想想也有道理。這個工作完全是幕後的工作，不會有人注意，也不會掛名，還有很多要免費處理的事。但是，我還是很喜歡把自己找到的好東西和大家分享。

最後容我在這裡說，努力拍攝的電影雖然想不到有這些幕後花絮，但完成的電影充滿了美麗的畫面，是部能洗滌人心的優良紀錄片。如果電影大賣，我有自信保證絕對能讓台灣的另一種魅力在日本蔓延。如有好心人士想讚揚我的功勞替我立銅像的話，請想像台東11號線道旁的三個巨大釋迦山頭，我想這樣的風格比較符合我。

Coyote
MAC POWER
MAC CREATIVE LIFESTYLE
3
Steve Jobs

室內裝潢

内装の仕事

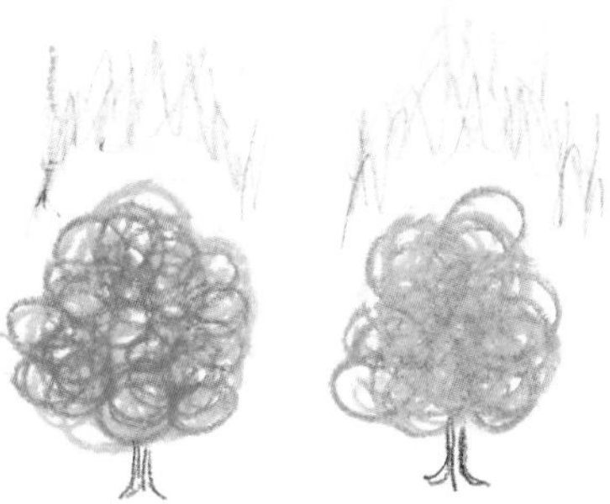

朋友裡有室內裝潢設計師，我模仿她開始做室內裝潢的工作。多虧製作壁畫的經驗，我也習慣了工地現場，很自然地融入了這個領域。但是，設計師朋友跟我說：「妳竟敢大膽闖入這個世界。」

剛開始的第一件工作竟然是在中國。朋友的老公是中國人，在日本從事演藝圈相關的工作。「或許金城武也會來喔！」我邊工作他邊這麼跟我說。其實我沒有把他的話當眞，我也不是金城武的影迷，但一想到這個地方今後會有各式各樣的人來，再加上是我的第一份室內裝潢工作，不自覺感到很期待。原本他是因爲買我的染色作品才結緣的，後來他想拿染色的圖案來做公司的標誌，所以才連室內裝潢也交給我設計。完全不會說中文的我第一次室內裝潢的工作竟然是在北京，我也十分佩服自己的大膽。當我帶著油性的黑板塗料開心出門準備前往北京時，因爲油性塗料具可燃性，在日本的機場想當然耳被沒收得一乾二淨。因此，到了北京我就一直在找黑板塗料。除了「你好、謝謝」的基本觀光中文外，我生平學會的第一句中文是「黑板塗料」，順便一提，跟我一起工作的職人們學會的第一句日文是「門把」。從這裡就可以想像在當地因黑板塗料和門把吃了多少苦頭。

我是以設計師的身份被叫去的，但當地的職人實在太粗魯，我只好自動變身成清潔婦和塗裝工。當時我很驚訝，中國的梯子竟然是木頭材質的手工梯。也很驚訝於他們把梯子夾在兩腿內，像螃蟹一樣四處走的模樣。特地從日本來，自動從設計師降格在現場幫忙的我，把現場打掃得很乾淨且貼上地板保護貼，但梯子螃蟹一下子就把我貼好的地板保護貼刮傷弄破。穿著沾了油漆的髒鞋，也毫不在意大剌剌地走在剛貼好的木頭地板上，怎麼清掃還是沒完沒了。因此通常在職人回去後，我才一個人開始掃除和貼地板，弄到半夜。我在現場的勞動比想像中還要多，客戶的母親於是借給我以前穿過的人民服和在食堂工作的人戴的像浴帽的帽子，我穿上這一身打扮每天激勵自己努力打掃。工作了好幾天後，因「黑板塗料（中文）」和「門把（日文）」開始和職人們有較多的交流，當時談到幾天後就是一月一日的休假有什麼打算時，大家開心地回答，「回老家啊。」我也被問到，「妳老家在哪？妳也會回去吧？」（當然是透過口譯。）

青木：「我家很遠不會回去。」

職人：「是喔，妳回家到底要花多久時間？」

青木：「嗯，先搭飛機，再坐電車，大概超過七個小時吧？」

職人：「嗯?!原來妳從這麼鄉下的地方來啊？眞是辛苦。」

因爲身穿北京沒有人會穿的人民服，又戴著浴帽做著最下層的工作，被認爲是從連北京話也不通的超級鄉下地方來的女工。當我跟大家表明我是這裡的設計，全員都跌倒在地。

訂做家具，採購材料、消耗品也是這裡的工作之一。因爲不像日本一樣方便，很多普通的東西都買不到，最初感到很頭痛，後來立刻樂在尋找替代品中。中國人的飯桌都很精彩，因此發明出吃完就可以連整個塑膠布全部丟掉的拋棄式薄塑膠餐桌布。在日本只有小孩或痴呆的老人才會把餐桌弄得亂七八糟，所以沒有這種東西。因爲報紙和塑膠保護墊不好用，當我去吃飯時發現了這個東西，他們當場分給我。（日本的保護塑膠布附有膠帶和塑膠片，捲成圓筒很好用。台灣也有進口。）兩個星期每天都泡在現場，完全沒有去北京觀光。但是，一個人去買東西時，幾乎是等到死也拿不到收據，而且插隊的人不

斷，這倒是很快樂。

接下來的室內裝潢是一個女廚師自己開的蔬菜滿點的創意義大利餐廳。原本是甜點師傅的老闆娘，每個月還推出不同的創意滿分的甜點。但是，這家店雖然很好吃，客人卻很少。因爲原本好像是拉麵店還是燒肉店，室內看起來完成不像義大利餐廳。我很雞婆地計謀悄悄潛進這家店打工、改裝室內，讓很多人都想來。和老闆變成好朋友後，我拜託她，在不影響營業的條件下，每個月只花一天來作業。我拜託能幫忙的朋友，開始以超低的預算進行改裝。爲了每個月一天的施工日，我一邊詢問別人，一個人默默準備、買材料道具、決定施工的順序。在附近的木材行和材料店找材料，我學到很多事。即使預算再怎麼少，我也絕對要讓店變好。我心裡只是不希望讓如此努力又好的店消失。

施工完成後經過幾個月，我決定來台灣。把租的房子退掉，回老家，於是辭掉了這份打工。不久後，老闆替我開了送別會，我帶著去享用好久沒吃的美食心情前往。在開心的派對結束時，老闆突然向大家宣布要關閉這家店。我聽到後在回家前奮力忍住就要潰堤的心情，一回到家就大聲痛哭。大哭出聲後開始哽咽，喉嚨卡住，鼻子抽搐，大哭到頭都痛了起來。心愛的店就要消失的悲傷；改裝後卻不見效果；「再撐一下就行了」，卻沒辦法堅持到底的悔恨之意；老闆娘的心情；想到這種種，我的淚水就止不住。一旁開始興建大樓，等大樓蓋好，人潮就會變多，但無法等到客人變多店就要關了，眞是太懊悔了。最後老闆娘對我說，「由香，如果妳去台灣一事無成立即跑回來，我會打妳喔。」一想到這句話，我想或許是自己無理要求改裝店內，成爲她決定關店的導火線，至今仍然有著罪惡感。我不知店後來的去向就離開了。像被點了火一樣不可收拾的哭泣或許也是因爲這份恥辱。

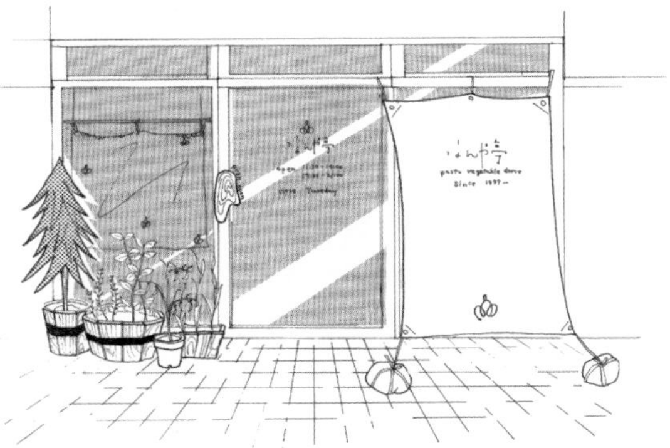

來台灣之前，我還接了另一個室內裝潢，那是我阿姨的店。我死去的爺爺以前經營種子店和服飾店，繼承了這家店的阿姨找我商量，想把它改成雜貨屋和輕食café。我找了我的師父，也就是那位室內設計師朋友（女）開始認眞計畫改裝。要改裝廚房是大工程，當時除了主要成員三個女生，還拜託了當時我的男友、朋友的老公、木工、電工、水工等人一起幫忙。職人們最愛的就是年輕的女生，只要和他們打好關係，他們就會幫忙做很多額外的事，也會借很多便利的道具給我們，工資也會算便宜，有年輕女生的工地有很多好處。附近的材料行會說：「風間家（阿姨的姓）全身沾滿了油漆的女生來買代替的專門螺

watcko

絲什麼的。」我們當時小有名氣，眞的很懷念那個時期啊。

最令我忐忑不安的是鋪地板一事。因爲想改成混凝土的地板，要先把老舊的地板剝除，結果下面使用的漿糊很黏，我用鏟子和表弟好不容易才把黏呼呼的地方清掉。表層要塗什麼東西來保護？剝掉地板後，接下來要怎麼辦才好？爲了解決這些問題，我去DIY材料行仔細研究塗料。眞的很感謝阿姨敢拜託我這個素人。我遲遲無法決定要塗哪一種塗料才能透明、沒有光澤、可以保護混凝土地板免於受損和弄髒。拜託專業的人很貴，我們盡量自己來。猶豫了很久後，我選定了游泳池用的透明樹脂塗料，心想，「這個應該不會錯吧。」然後買了回去。但回去一把罐子打開，卻臭到被附近的鄰居投訴。因爲眞的很臭，我們只好一一去敲門，拜託鄰居在「幾點以後請把窗戶關起來」。我們冒著可能會被塗料臭死的危險上漆，結果卻讓我們大爲滿意，臭味也散去，我想起大家放心後快樂的樣子。

場使用的腳架用木板。木板的規格厚三點五公分、寬二十公分、長四公尺。因此店內的桌子、櫃子、收納櫃全部都用寬二十公分、厚三十五公釐的木板組合而成。爲了保護木板而塗在表面的是可保有木頭自然圖案的英國製Watco oil。裝潢後的店內有木頭的溫暖，店裡放了很多的花。店名就叫做「Watco」。因爲在施工中我們一直說「WatcoWatco」，阿姨因而把它當成店名。阿姨果然很有勇氣。

另一個是老家的廚房，母親看到阿姨的店後跟我說想重新改裝廚房。因爲有專門的瓦斯和水道要處理，所以拜託了師父兼朋友接下這份工作。在我來台灣的幾天前，還充當油漆工塗天花板，頭髮上還沾著白色油漆來到台灣。把朋友一個人留在老家，拜託她施工，讓我感到很不安。不是因爲擔心工作的事，而是我那父母不到三十分鐘就會吵架。

來到台北後，我又做了一件室內改裝大工程。因SARS回日本的三個半月裡，我不喜歡沒事做，於是去名古屋和朋友們一起開台灣茶館。當時朋友說電氣、瓦斯、水道的工程全部要自己來，不請專門的業者。因爲我們想要有個很寬的入口，第一天突然就把門整個拿掉，在牆壁上打了一個大洞。後來做的入口因爲門的位置很怪，一裝上門把鐵門就拉不下來。有一陣子，每天晚上關店時都要把門把拆下來帶回家。

沁園茶房
XINYUAN TAIPEI

施工過程中發生很多問題。要拆地板時，拆過頭把壁也剝了下來，電鑽不小心鑽到電線而斷電，水管不小心被打了洞，水突然噴出來。然後，夜晚三個女人推著筒裝瓦斯在街上滾。瓦斯筒很重，底面是圓的，怎麼樣都無法筆直前進，需要相當的技巧。這種事我大多會得第一名。因為我比誰都滾得上手，最早在黑暗中消失。

施工的成員有四人，其中有三人是女生。兩個月內，我們和咖啡豆和貓一起睡在沒有浴室、像倉庫的地方，在盛夏中工作，全身汗水和泥巴，兩天才泡一次澡。不趕快完成施工的話，店的租金很浪費，為了節省經費，雖然我們是女生，但卻很斤斤計較泡澡錢和泡澡時間。實在太髒了，洗第一次澡時肥皂不會起泡，盛夏中的肉體勞動後，兩天才泡一次的澡堂宛如天堂。最後，我們愛上了累積髒污和疲累後才去澡堂的痛快感，我因此刻意不每天泡澡。一邊施工的同時，我們做著在日本開台灣茶館的美夢。開店的資金，盡量把大家不用的東西拿出來賣，店裡的東西多用撿來的東西再利用。開幕時甚至還掛了台灣的紅色鳳梨。二十四小時和朋友一起，吵了不知多少回才完成了這間充滿回憶的店。因SARS被迫回日本的我，後來之所以又回到台灣，就是爲了替店裡採購茶葉。後來朋友們又改裝了這家店，以不同的方式經營著。

現在回想起來，裝潢這種事實在不是女生應該做的事。但是，和畫畫及自製作品不同，設計製作生活上能長久使用的空間，特別有意義。也因爲是外行人，發現很便宜又好的材料就很得意，學會使用電鑽也很酷。開始施工後，和同伴一起渡過密集的時間。大家動腦筋和身體，一起揮汗工作，吃同一鍋飯，這也很快樂。在爲了不吸入灰塵的口罩上，各自畫了性感的嘴唇和鬍子；鼻子下方還沾了油漆的朋友的怪臉……現在還記憶猶新。雖然現在我有時也會想再做室內裝潢的工作，但因爲我現在的目標是慢慢走向時尚名人路線，還是放棄好了。

不論是否能賺錢，如果有沒做過但很想做的事，只要開口到處跟人說，機會就會出現。從別的世界闖入另一個世界雖然很辛苦但也很快樂。如果有想做的事就到處跟人說。或許有什麼人會突然給自己機會，除此之外，自己也會在潛意識中朝著目標去行動。這是我個人的經驗。有想做的事就大聲四處說，未知的世界是很寬廣的。

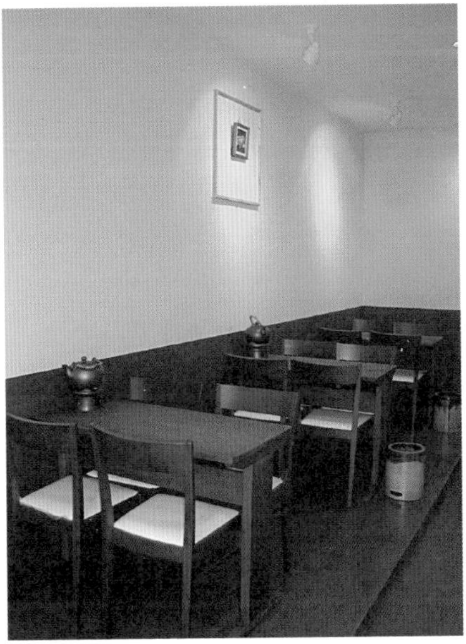

はなをいける.

殯葬公司的花飾部門

葬儀屋の生花部

我曾學過一點草月流插花。因爲想要有更多機會插花，看到有在徵婚宴會場的花飾負責人，去接受面試時，對方事業範圍廣，也有做殯葬業。於是，我接到「錄用」的通知，「現在婚宴會場沒有缺人，殯葬業的花飾部門剛好缺人，請先來上工吧。」在被騙的情況下開始了這份工作。整天穿著殯葬的工作服，從來沒脫下來過，也不曾插過任何一枝可愛的粉紅色玫瑰，每天做的是肉體勞動，薪水也不太好……但是我卻沒有立刻辭掉這份工作。因爲工作的地方有感覺很專業的職人，且這份工作有著我們平常已經忘記的日本的風俗細節和文化，感覺就像在旅行，接觸到許多新的事物。

剛開始的時候，有人教我花的保水方式、白菊的花籃製作的方法。花籃的形狀像孔雀展開羽毛時的扇形，應該是使用四十二根，最高的地方應該是八十二cm，寬應該有九十二cm，大小是規定好的。花籃的底部是塑膠做成的菱形，口的部份很寬的容器。裡面放著彎彎曲曲的長棕毛束，然後再把四十二枝菊花一一插入。依每一枝菊花插入的位置來決定插時的角度和長度。但是，不是每一枝菊花生長的方面都相同，不太好控制。做了好幾年的人不用測量，可以瞬間分辨手上的菊花的方向和習性，裁成剛好需要的長度，迅速地插到最精準的位置。宛如精神一致的殺手，拔刀後迅速完成任務，沒有任何多餘的動作，這些靜靜的插花籃的職人歐吉桑，是我崇拜的對象。花要裁成七十二cm，這種事在之後的人生中完全沒有任何用處。但是，我就是很嚮往。

剛開始製作花籃的人大約要花一小時。但是，我三十分鐘就完成了。被職人歐吉桑稱讚，「妳學得眞快」，悄悄點燃了我的士氣，我甚至偷偷觀察別人製作的方法到了有點變態的地步。我是個被讚美就會超級努力的單純人種，不到一週，我七分鐘就能做好一個花籃。

辦葬禮的人家門前要立牌子，寫上已故人士的大名。殯葬公司稱此牌子下方的花爲立牌花束。我最喜歡這個工作。一接到命令，立即飛到冷藏室，抱出很多喜歡的花，腰上掛著勞動手套和園藝剪刀，坐上小貨車。一起前往葬禮會場的其他同事們，大家一起佈置葬禮會場。在這段期間，我一個人插著外面牌子下的花。時間很短，當小貨車一抵達現場，我得立即攤開墊子，單邊膝蓋跪在墊子上，開始裁剪花、去掉葉子，動作迅速地插著花。不小心把花剪太短，或是準備的分量不夠都不行。隨時要留意，畢竟這是送死去的人的葬禮的招牌，一定要在固定的預算內插出很氣派的花。在牌子前，所有的準備、製作、事後收拾都由一個人來完成，做起來非常有意義。要在大家出來前結束所有的工作，隨時能夠一起回去。迅速地工作時，「喔～～太專業了。」我會偷偷地崇拜自己。這個工作是無法預測的，一通葬禮的電話響起，大家就突然忙碌起來。這是個送已故人士的最後一程的工作，絕對不容許失敗。我也喜歡這樣的緊張感。

在此也來說說當時遇到的人及同事之間的事。同事有原本是不良少年的年輕人和做事提不起勁的歐巴桑。不良少年是二十出頭的男生，依我的調查，不良少年大致上只要關係變好都會很重人情，也很注重上下關係。還有，雖然沒有學歷但腦筋轉得很快，大多是頭腦簡單的人。國中高中時多半是班上的紅

人，很受歡迎。光努力想要保有人氣的地位，不把心思用在唸書上，因爲不想被當成笨蛋，才故意學壞，想引起別人的注意。因此，不良少年大多不是什麼惡人，即使反抗他也沒什麼好怕的。我的不良少年同事很愛搞笑，很勤快地工作，我們立即成爲好朋友。他雖然在工作上教我很多事，但說話的調調卻很像不良少年，這一點也很有趣。插花部門裡，很少有女生會到現場工作，與其做什麼事都拖拖拉拉，我比較喜歡暢快的工作，於是我常坐在貨車的後車廂，加入男人堆裡一起去現場。不良少年對於自己看不順眼的人會用可怕的眼神嚇阻對方，我不想變成他的敵人。有一天，當老闆不在，我受到年輕人的薰陶，仿效他手腳迅速地工作時，沒幹勁的兩位歐巴桑跑來跟我嘀咕。

「妳太認眞工作了會成爲我們的壓力啊。我們是來這裡休息的。回家後不得不做家事，也要服侍婆婆，和妳不一樣，很辛苦的。妳可以不要這麼努力工作嗎？」

我是來工作的，她們卻叫我不要工作，眞是新的意見啊。雖然我很驚訝，

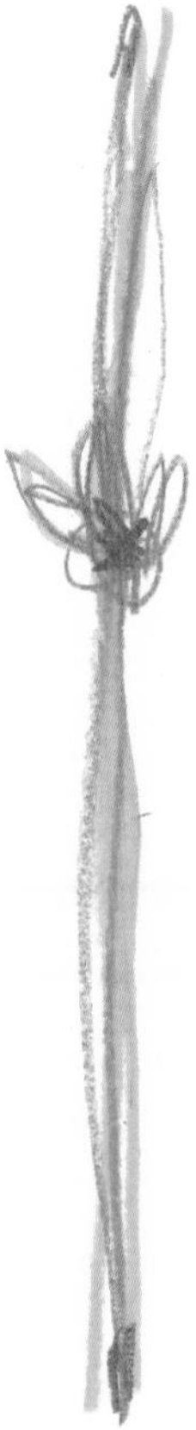

但也能夠理解。和很多人一起工作，也需要調整自己的步調來配合他人，察覺職場的空氣，也是一種社會學習與做人處世之道。對我來說，也想和做事沒有幹勁的歐巴桑維持良好的關係。歐巴桑們正如她們自己說的，不是來這裡工作，而是每天來這裡喝茶的。她們每天休息時間時都會很熱心地拿茶點給我。有時還會把家庭菜園的無農藥紅蘿蔔分送給我。我立刻理解歐巴桑們的心情。

在那邊和不良少年一起手腳俐落地工作，在這裡和拖拖拉拉的歐巴桑們一起拖拖拉拉，我盡量享受這兩種不同的工作心情。

因意外而開始了這份工作，我卻越做越樂在其中。甚至把自己做的葬禮花籃的照片拿給別人看，並且熱心地說著製作的方法，不論何時何處都像御宅族一樣，總是離不開葬禮的話題，當時的男朋友一臉訝異地對我說：

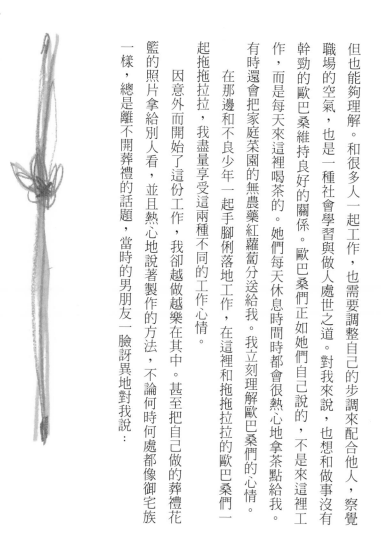

「可以辭掉那種卑賤的工作嗎？」

……？

原來有人是這種看待這份工作的！

我家裡的人對這份打工沒有任何異議。（應該說原本打算要做的是婚禮的花飾才開始的，或許我爸媽也不太清楚到底是怎麼回事。）父親是個對家裡的事什麼都要插嘴的人，但也因爲晚上九點就入睡的習慣，沒有什麼機會和家人對話。母親除了不支援金錢外，我做什麼都會支援。只有姊姊對男友說的「卑賤的工作」十分反彈。「這份工作是不論誰死時都會需要的重要工作。妳最好考慮一下要不要再和這種男人交往下去！」她憤怒地說。的確如此。仔細思

考，這工作雖然很重要，但卻沒有人想要做。我剛開始也覺得，ㄟ——殯葬公司。我的確這麼想過。啊，想起來了。我倒是幾乎忘了。

這個社會上有被說是很了不起或很好的工作，但也有很多沒有人做會很困擾，或很辛苦卻被人嫌棄的職業。這實在很不合理。再怎麼思考，我還是不明白爲什麼會如此。事實上，這家殯葬公司搬到現在的地方時，附近的居民甚至發起反對運動。可以舉辦葬禮的大型會館興建完成後，這裡每天附近都在舉辦葬禮，居民覺得很不舒服，所以反對。但是，殯葬的業務開始後，反對的人當自己家有葬禮時，又因爲會館又近又方便，利用的人不少。自己家有葬禮沒關係，別人家葬禮的屍體搬運就覺得討厭。感覺好像自己放的屁不臭，別人的屁就很臭，雖然這個例子不太好。

這份工作是意外開始的，卻比想像中讓我著迷。後來我因爲想去義大利，從北走到南吃義大利料理，想要放長假，於是辭掉了這份大約做了一年半的工作。辭職要把工作服還給沉默寡言的職人氣質老闆時，老闆悄悄地跟我說，

「妳帶走吧！隨時歡迎妳回來。」老闆希望我再回來，我算是獲得他的認同。因此，我不敢跟老闆說，我是爲了要吃遍義大利料理才辭職的。

悄悄話

早上開工前員工全體必先讀般若心經後才開始。果然以人的死爲業的工作，這似乎還是必要的。中午休息時一定有人會躺在棺木裡睡覺，夏天似乎很涼快舒服。

市史編纂室

市史編纂室

市史編纂是整理市的歷史，並且將之編輯成書的工作。

市史編纂室有三個毫無用處的人，那就是總是穿著農夫工作褲的歐巴桑、普通的歐巴桑和我。連其他人做的編輯作業也不會，爲了十點的早茶、十二點的中午休息和三點的午茶來到工作的地點，還睡午覺，快接近五點時，就在打卡機前快樂的等候著下班時間，這就是我們三人小組。當時職場的老闆，也就是室長M先生，是個頭腦好又有趣的歐吉桑。我們三人可說是歐吉桑的個人興趣而被飼養著。

有一天，我們這毫無用處三人小組被M先生帶到一個像體育館般的大倉庫。說實話，像個巨大的垃圾筒。裡面盡是以前捐給市的書和資料，成堆的紙箱，有的紙箱翻倒著，裡面的資料呈半掉出的狀態，堆成山就這樣被放置在此好幾年。當然，不光是書的資料，還有再怎麼看都像垃圾的私人便條紙和超市的傳單，這些東西經過時間的洗禮後，似乎也能變成重要的歷史文獻，在M先生的指揮下，我們開始著手整理這個少說也有一噸的山。

我們被吩咐，先將有書形狀的東西和其他紙張分類，5公斤綁成一疊，堆放在邊邊。剛開始時，我們三個人一邊發牢騷，覺得花一輩子也不可能整理完，所以只是隨隨便便地做，直到三人全身沾滿灰塵還不斷地做，看到資料之山漸漸變小了，感到一股喜悅。每週二三次，花了一兩個月，這個作業終於完成，打掃完巨大的倉庫，書和垃圾也被分類。在工作的期間，我們依然不忘喝茶和休息，拿著茶壺和點心去倉庫工作。穿著農夫工作褲的歐巴桑把穿舊的衣服做成圍裙和防塵頭巾給我當成工作服，還教我唱「Yoitomake之歌」。

「Yoitomake之歌」是形容以前貧困的時代，還是不得不做肉體勞動工作的母親們的悲傷黯然歌曲。「爲了母親～努力工作、爲了父親～努力工作♪」……後來我才知道，Yoitomake的意思原本是建築工地的工人們一起抬重物時的呼聲。後來變成稱呼因丈夫錢賺得少或是丈夫去世必須工作養家的女人。現在知道的人很少，是古老的用詞。不知道意思的我和歐巴桑們一起大聲的唱著「阿母、看我的樣子啊～♪」。從穿農夫工作褲的歐巴桑教我唱「Yoitomake之歌」，加上聽到光是不要的資料就有好幾卡車，就可以想像我們三個人的勞動量。

エンヤコラ

將大量的資料分類，搬入書架，一本一本地擦拭書上的灰塵後，再放進書架上，經過好幾次篩選，把要和不要的東西分類，搬到租金便宜的倉庫，做出一覽表，花了超過一年的時間才完成可以用電腦檢索的圖書館資料庫。M先生

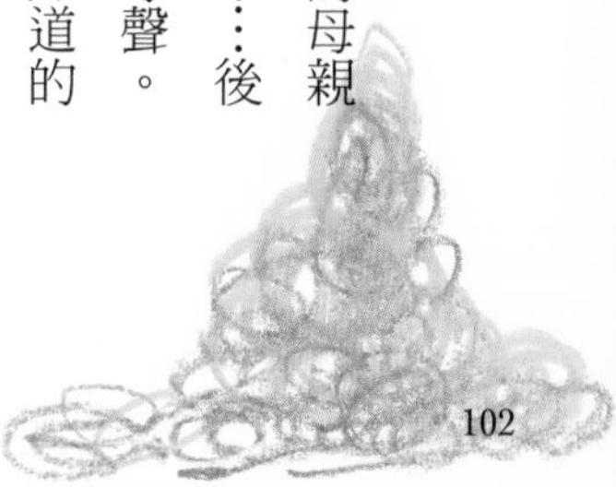

有時讓我們自由玩耍，有時改變工作內容，讓我們能夠對工作不感到厭煩，能輕鬆地持續工作。看到我們把桌子和椅子搬進倉庫的一角，堆了茶壺、杯子、食物，改造成喝茶的空間，卻沒有任何抱怨。有時，我們毫無用處三人小組還擅自提早回辦公室，囂張地說，「辦公室裡沒有我們可以做的事，請幫我們打卡，我們先回去了！」只要我們有完成應該做的事，不管我們怎樣都沒關係。不會一一對我們做的小事說些什麼，工作很有效率，而且還會和我們一起玩的不可思議上司。

沒有人去做的歷代市史編纂室，我們只花了一年多的時間就完成了。感覺M先生也抱著實驗的心情，證明我們人類的力量是無窮的，他還教了我只要一步一步踏實地做，持續不間斷，就能成就大事。把我們遊戲怠惰的時間全部計算進去，加上安排倉庫的搬家事宜等等，思考著下一步，從上層爭取預算下來，領導著我們不斷前進。

我經驗了這個達成感後，愛上以平實的方式一一解決困難的作業。之後我

立刻要到柬埔寨辦藝術展，日本各地捐贈的大量文具和T恤集中到我們這裡，要分給柬埔寨小學的小朋友們當禮物，收到的東西因爲是捐贈的，種類和數量不一。如果不能掌握實際的數量，在同一間教室分發的禮物就會無法統一。這是個大問題。以前我去印度時，曾不經意想分點心給小朋友，一旁的小朋友們全部湧上來想要拿點心。但我要拿給他們的點心袋子卻破了，裡面的東西散落在地上，小朋友們也跌倒在地沾滿了泥。最後大家一起蹲在地上一個一個撿，看到這一幕讓我受到打擊。有了這樣的經驗後，我盡量不讓相同的事情再發生。這個柬埔寨的小學，全校學生加起來有2000人以上。如果隨隨便便做，很可能會引來暴動。一起辦展覽的同伴因爲沒有經驗，覺得掌握數量和種類只是浪費時間而反對，我後來拜託25位義工借我兩三個小時。把幾千支鉛筆、幾千件T恤清楚的算出來，其實並不用花太多時間，最後總算順利的把禮物發完。

自從整理倉庫以來，我相信要做什麼大事一定要仔細地打好基礎，一步一步踏實地做，這才是最確實且最快有成果的方法。此外，踏實地做好的東西因爲充滿了能量（氣），不會輕易就受損。任何事能不能順利進行，只要不去想麻煩不麻煩。要習慣才行！請試看看一步一步踏實的去做。如此一來完成時成就感特別大，而且，會感受到踏實之路才是最美的。

上電視

テレビに出る

原本以爲這是個一輩子和我無關的世界，沒想到後來因爲有緣，我居然也開始上電視。但我只是節目裡的一個零件，我沒有突然成爲有錢人，或是突然成爲被大家包圍愛戴的知名人士，生活還是和從前一樣。只是，有更多人會跟我攀談。因爲我還沒有什麼知名度，一下子就認出我的人還不多。但是，只要我一出聲，大家就會發現是我。有很多人不用看我的臉，只要聽聲音就能認出我。確實我的聲音比別人低沉，但因爲有太多人這麼說，於是我好奇的問了大家，得知我的聲音和講話的方式像是多啦A夢，很有特色的樣子。

不久之前我在餐廳吃完飯出來後，有人跟我說，可以一起拍照嗎？我笑著拍了照，回到車子裡之後，發現牙齒上沾了綠色的菜。雖然我大爲震驚，但和我一起拍照的人肯定比我更驚訝。此外，還曾經起床後一身邋遢，突然想去買做香蕉蛋糕的材料，於是買了貼上五十off%大大標籤的半腐爛香蕉。回家途中晃進一家服飾店，也突然被說「可以拍照嗎」？因爲剛發生過牙齒沾了菜一事，於是借了店裡的衣服，換了之後才拍照。雖然有人跟我攀談我很高興，但一臉不潔外出的惡習卻不是立刻就能根治的。怎麼辦？

雖然我的節目主內容在介紹店家，但我曾想過，這或許不適合我，因爲到目前爲止，我完全是個外行人，無法配合台詞演戲。所以，我幾乎都是用自己的話來下評語，但有時會沒有什麼感想可說，不好吃的東西我也無法假裝說很好吃，這一點總是令我很困擾。有一次，我覺得自己漸漸變成電視人，那就是我居然自然地對著不好吃的東西說出，「嗯，很好吃。」連我自己都很震驚。因爲那裡

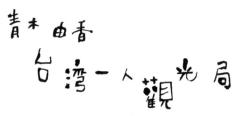

的店員很努力，我自然產生想奧援他們的心情，所以才不自主地說出違背自己的話。但是，我覺得在電視上不能說謊。如果觀眾相信了我的話特地跑去吃，但味道卻不怎麼樣就糟了。後來我拜託工作人員，「我因爲突然中了邪才講出了那句台詞，請把它剪掉好嗎？」後來看了播放的節目，雖然「很好吃」那句話被刪掉了，還是感覺得出對店家的十足奧援，讓我鬆了一口氣。製作節目的我們是站在協助採訪的人們和支持節目的觀眾中間。因此上電視時，我希望盡量說出正確的、沒有謊言、符合我自己風格的評語。因爲我的個性，有時我會想講和節目沒關係的內容或發表自己的評語，這讓導演很爲難。看到穿著黑色緊身三角泳褲，外面套上半透明絲襪的歐吉桑，我會很想去採訪他；去採訪按摩店的老闆時，我會很想親自體驗一下店裡的按摩。此時，導演還了我一記，從按摩床的洞的下方來拍我的臉。節目播出後，我反省自己，以後就不敢再提出太任性的要求。

　我以前一直有個很失禮的疑問，台灣的藝人爲什麼都穿著很廉價又輕薄的

衣服？但當我變成電視圈的人時，終於知道爲什麼了，現在的我也穿著輕薄的衣服。

電視的工作才剛開始不久，目前的感想如上述。

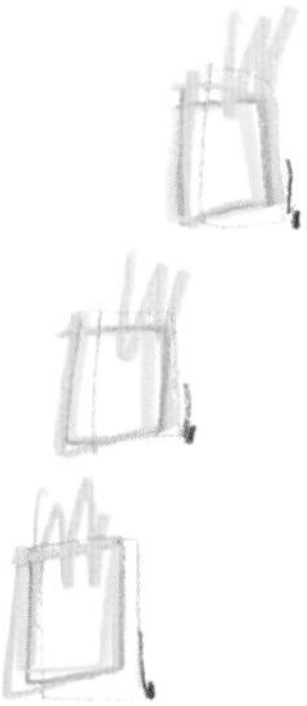

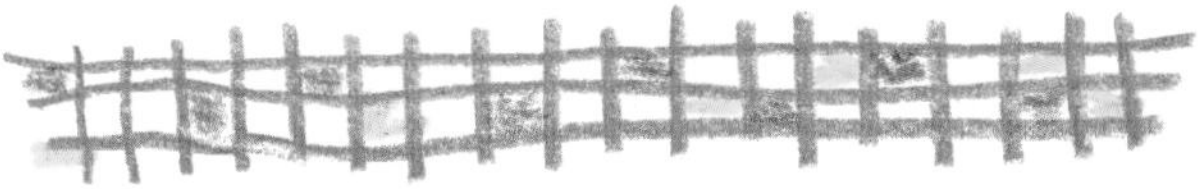

悄悄話

我不知道這算不算是我努力爭取來的工作。專心持續做某件事後，我獲得了這樣的機會。五年前，一個我認識的，自稱能看見人的氣場，也能看見蟑螂歪著頭的日本編輯說過他可以看到我在電視上活躍的樣子。或許是因爲他的暗示，我才變成電視圈的人。那個人還看到我穿著比基尼在海灘上奔跑的畫面，但這並沒有成眞。

書寫的工作

文を書く仕事

ぶんをかく。

我是個不讀字的女人。

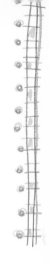

與其安安靜靜地看書，我更喜歡發呆幻想，討厭追著小小的文字跑。這樣的我竟然開始寫起文章，契機即是台灣。來到台灣後，我開始把來到台灣生活的日記寫成mail寄給日本的朋友，寫著寫著我體會到傳遞資訊的有趣之處。把在台灣發現的奇怪的事告訴日本的朋友，大家都看得很開心。我自己也很高興，開始想讓更多人認識台灣，於是設定目標要出書。

在台灣到底想做些什麼？學好中文就回日本嗎？但回到日本也沒有工作，只能混在大學生中去便利商店打工當收銀人員等等，我空想了一回，突然覺得全身戰慄，於是決定開始去出版社推銷自己。因爲不曾寫過文章，當然不可能一下子就能出書。首先，我的目標是取得在雜誌上介紹台灣的專欄連載。因爲做過很多不同的工作，也不知道要推銷什麼才好，於是我想先試著把自己做過的事列出來，做一本有魅力的自我介紹手冊，加上照片、插圖、文章，做成和這本書同名的「青木由香工作手帖」小冊子。把自己會的事列出來，送給編輯，讓他們可以放在手邊隨時看。

讓我全心投入的契機之一是當時成爲網友的某日本出版社的董事。這位大叔是個不能以貌取人的厲害人物，他創造出許多引起社會現象的暢銷書籍，是一位看似樸實平凡的名人。我把自己拍的照片寄給他，他總是很稱讚，所以我就開心地寄了許多照片給他。有一天，大叔寄了一封信給我：

「妳會畫畫，拍的照片也很不錯，文章也很有趣，又能自己設計，著眼點也和別人很不同，爲什麼不努力呢？如果我是妳，就試著去推銷自己。但是，可惜我不是妳。」

大概是這樣的內容。

我被一棒打醒，差點沒從椅子上摔下來。我沒想過自己還有努力的價值。身邊四處都有很會畫畫也很會拍照的人，我沒有任何工作頭銜，在這個世上宛如屁的我。但現在不努力的話，眞的會變成「令人惋惜的人」。因此點燃了我的士氣。

另外一位替我踩油門的是從大學時期就時常聽我訴說煩惱，像魔女般的年長朋友。這位朋友很擅長占卜，並且十分了解我的個性，知道要如何操弄我才有用，「由香啊，今年是妳努力的時候喔。拚了命去做吧。如果妳現在不努力，後半輩子就是這個樣子，從占卜上顯示出來了喔。」她以魔女般的口吻威脅我，我單純地全盤相信，十分震驚，打定了主意，拚了命去試吧。

下定決心後，我拚了命地努力，直到尿出血。

我不再和看了我在台灣生活的日記後，每週從日本來的不同朋友們見面。當時我眞的是一人觀光局，每天每天的時間都用在免費當台灣的導遊，也沒有認眞地學中文，和台灣的朋友也很少見面。我同時寄出了信給大家，「因爲我

想爲自己的人生打基礎，想要保有自己的時間，今後會開始專心在自己想做的事情，請不要來台灣。即使來台灣也不要跟我連絡。」有的朋友回信跟我說會替我加油，也有朋友看了很生氣，之後就再也沒有連絡。但是，我是拚了命地在努力，因爲這樣而失去的朋友不要也罷，所以我也漸漸釋懷了。

之後，直到尿出血之前，我開始拚命做了什麼呢。一邊忍受貧窮的生活，加上每天熬夜，費盡心思完成了「青木由香工作手帖」小冊子。要做這種可能沒有什麼人要看的東西，如果不是全心全意投入，我想是不可能完成的。之後，帶著我做的從屁屁露出一點巧克力奶油的青蛙泡芙；或是分成小袋的台灣土產；或是我做的便便樣子的發泡蛋白餅，去見肯直接和我見面的人。（土產的選擇沒有特別的意義。當時每次回日本，最大的樂趣就是到朋友的蛋糕店開發特別的新點心，只是把當時做太多的點心帶去而已。即使把用心製作的「青木由香工作手帖」送給日本的出版社也幾乎沒有回音，或沒有人想跟我見面。準備小禮物給肯跟我見面的人會比較好，這也是網友大叔的點子。）之後，日本的出版社都沒有回音，我也過著悶悶不樂的日子。爲了提高自己的修練，我甚至每天開始慢跑。還寫信給自己，做這種八股羞於見人的事。（過了幾年後，根本忘了信的內容，有一天突然看到之前的信，發現我竟然完全達成了信裡所寫的目標，嚇了一大跳。後來我才知道，想像之後自己的模樣，然後寫在紙上，有印在潛意識裡的作用，會比較容易達成目標的樣子。而且重點是，寫完後不要太執著，把信隨手丟在一旁。我在無意識中全部實現了信裡的內容，建議大家一定要試看看。）

就這樣，我終於在日本取得了幾個連載台灣相關內容的專欄，看了專欄的台灣編輯，給了我出版的機會。當時是我決心拚了命去做的一年幾個月後。

開始寫的第一本書，在沒有任何人的期待中誕生。當時我只是個默默無名的留學生，想當然耳，對我來說這可能是第一次也是最後一次出版的機會。因爲沒有任何的期待，反而讓我可以自由自在的發揮。製作過程中也沒有害怕過失敗。但是，因爲我不太了解書是怎麼回事，所以做了出一本直寫突然變橫寫，有些字太小很不容易讀的怪書。書印好後，我還記得到出版社去看完書的那一天，在看完成品回家的路上，一個人崩潰痛哭。完成的書實在很不精緻，我幾乎哭到哽咽失聲。當時自己一個人走在黑暗的街道，感覺眼前的街道再也不會有光亮，也永遠無法抵達目的地，完全不記得我當時是怎麼回到家的。腦中一片空白，只覺得一切都結束了。

但是這本書卻意外成爲暢銷書，先不管書做得如何，我的心情似乎傳到台灣人心裡。在台灣沒有任何親戚兄弟姊妹，語言學校的朋友們也幾乎不會看中文，動員我全部的朋友，可能也賣不到二十本，我當時沮喪地這麼認爲，還好結果是令我開心的失算。

經過這件事之後，我開始在寫文章這件工作中有了新的發現。

其實我可能不適合寫書。

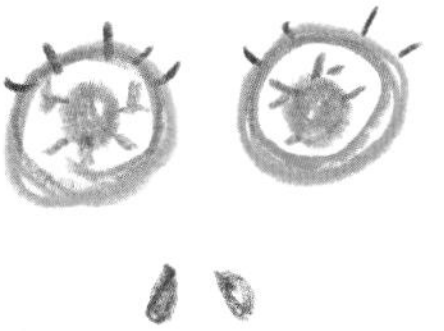

每當我困坐在書桌前，就會開始想東想西。我的腦子分成兩半，沒有思考內容的半邊腦，有時會突然想起自己可恥的行徑而開始反省；有時想起當時應該這樣回那個傢伙才是等等，又憎恨起誰；一個人在家好幾天卻沒有任何一通電話，覺得自己沒有朋友；一下又討厭起怨恨別人的灰暗自己；有時又因突然湧起對許多人的感謝之情而哭了起來……雖然寫的內容都是好笑的事，但我卻邊哭邊敲鍵盤，鍵盤的四周堆滿了擦拭眼淚的面紙。這樣的精神狀態實在很難熬，雖然想把湧出的idea寫下來，但想到又要一邊笑一邊哭，我就開始煩惱應該如何是好。

創作是和孤獨對抗的過程。
我無法忍受這樣的過程。
對創作者來說這是個致命傷。
想要去看醫生。

但是，這次這本書不論如何一定要在看醫生前完成。我每天都在附近的café晃來晃去，在吵雜的地方，努力不要太集中地寫文章。因此，這次還沒有哭。但是，總覺得精神上沒有被逼到哭的地步，似乎就無法做出好書，總覺得不過癮。又覺得不努力書寫，只努力營造書寫的環境好像也不對。但是，工作上的錯誤嘗試很重要，我希望能不畏失敗，嘗試各種新的方法。也希望內容不會被認爲，怎麼又一樣，或是結果只有這種程度。即使受到歡迎，但一直寫台日交流的觀光事情也不是辦法。也有人問我，爲什麼現在不再寫「台灣一人觀光局」相關的書？現在即使再寫台日交流的東西，等熱潮褪去，大家會立即覺得厭煩，把我丟在一邊吧。不論是電視、書或是部落格都一起陣亡。台日交流是生活中的一部份，我想長久慢慢的經營。最好也不要寫《奇怪ね2》，因爲我已經比之前的我成長了，也住在台灣久了，對台灣的奇怪現象已經麻痺了。要我寫《不奇怪ね》或許寫得出來，現在還要勉強寫《奇怪ね》肯定會覺得很假。不論什麼事都不要太過，剛剛好是最好的。

另一個重要的發現是，寫文章一事是可以將自己知道的和發現的事傳達給大家的重要工作。書寫讓我學到傳達的魅力。除了有形狀可以取得的東西以外，特別是經驗和感情，很容易就會枯萎消失。與其收在自己的口袋裡，不如和大家一起分享會更快樂，傳到更多地方，然後膨脹衍生出更多。因爲好奇心比平常人旺盛的我邂逅許多奇奇怪怪的事，從這些體驗中學到的事、新的發現與工作中的很棒的人，這些都是我的一部份。如果把它整理寫下來，就會跑到別人心裡的口袋。依內容的不同，爲讀者帶來勇氣，或是引發共鳴感到安心。和小時候一直畫畫或是動手創造東西不同，這是我努力得來的職業。因此現在也時常因自己的能力不足而苦惱，但是只要有人看，我還是會不斷嘗試，把它當成長久的工作來做。

雖然我獲得了書寫的工作，我學到要努力到什麼程度才能做出能打動人心的訣竅，這是無法以言語說明，只有體驗過的人才能感受到，像是魔法棒的東西。如果還有什麼想做的事，不用拚命到尿出血的地步也沒關係，人生中至少有一次拿出拚命的精神來達成目標也是不錯的事。

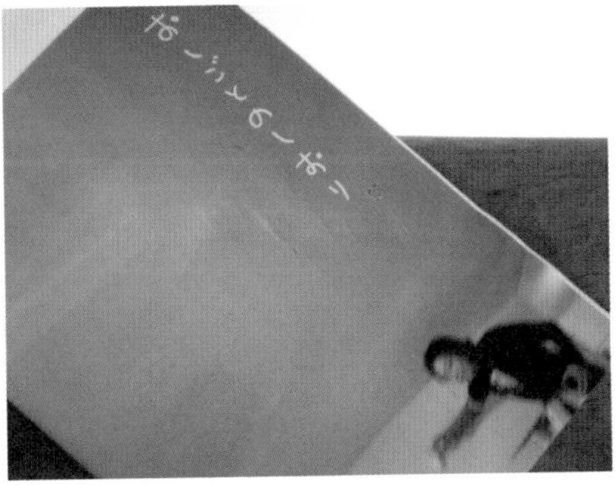

悄悄話

每本書都有ISBN，這是世界共通的流通碼。只要有這個十三位數字，在世界的什麼角落都能找到書。我不知道別的作家是怎麼想的，我因爲自己做設計，當把這個ISBN貼在版權頁時總會有一種特別的情感。ISBN是每一本書誕生到這個世界的證明，即使過了一百年，任誰都可以找到，感覺至少我參與了歷史的一小部份。光是書寫就已經夠孤獨痛苦了，我也曾想過要請別人來幫我設計書，但一想到這一點，我還是很難把設計委託給別人。

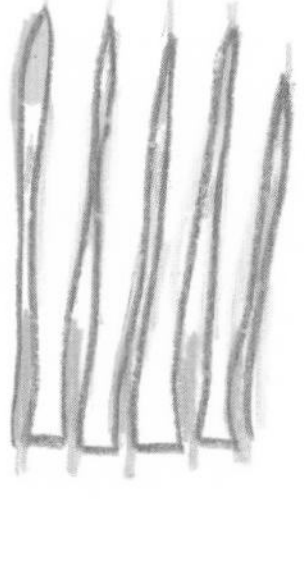

後記

あとがき

能不能出書，
能不能上電視，
能不能靠賣甜點維生，
癌症能不能痊癒，
能不能在台灣生活，
這其實是任誰都能做到的簡單之事，
我們大家都有魔法，只是大家沒有察覺而已。

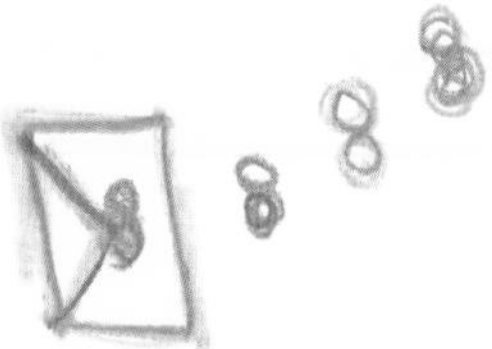

這是我寄回去給日本的朋友的信裡的一部份。
這本書開頭的序文是以這封信爲基礎寫成的。
這封信的收件人是讀了我的書，看了我的部落格，和我連絡的新朋友。
來台灣生活一陣子，因爲某些原因而回日本的她，
在離婚的同時得知罹患了癌症，無法外出工作時，
她在自己家裡做甜點在網路上販賣，賺取治療費和生活費，
幾乎接近末期的癌症，她卻瞞著家人，自己一個人努力克服。
取回健康的她，對於自己的第二人生，有兩個夢。

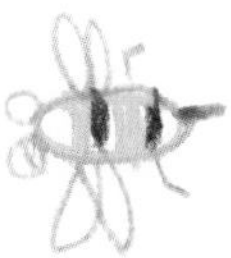

一是在台灣生活。
二是能夠寫書。

她在台灣的時候，除了上電視之外，我剛好熱衷於在路邊賣飯糰。
書和電視，是只要沒有人給我機會就幾乎是不可能的工作，雖然也有優點，
卻是個大家看膩了就會像泡泡一樣輕易消失的工作。
當批評和嫉妒變多，感到煩悶的時期，我決定靠自己的力量來工作，
和台灣的朋友們每天早起，
販賣數十元的飯糰。
我實現了她的兩個夢想。
她實現了我希望的「靠自己的力量來工作」一事。

在她決定放棄台灣的生活，先回日本再重新計畫的時候，
也是我和朋友想暫時放棄賣飯糰的時期。
她能夠克服癌症一事，對我來說就像魔法。

兩手空空，沒有認識的人也沒有援助來到台灣一個人生活的我，
對她來說一定也像是魔法。

自己想做的事，別人已經做到了。但是，這個別人也一樣是普通人。
所以我一定也能做到。有了這樣的想法，我寫了這樣的信替自己和朋友加油打氣。
長大後，每一天的時間幾乎都在工作。既然如此，能做自己想做的事維生是最棒的，
但是，如果沒有想做的事，爲了賺錢只好妥協，
那麼能在工作中學到什麼，並且成長的話，
一天的大半部份就能快樂的生活吧，我這麼想。

除了內文裡寫的工作外，還有：
和一起工作的同伴身上學到很多的幼稚園繪畫教室的工作。
有時接到的拍照的工作。
爲現在的我打下隨時能轉換「高級打雜工」的基礎，美術館的各式各樣奇怪的工作。
路邊的飯糰攤販。
台灣一人觀光局局長的工作。
柬埔寨的藝術展。

以及，寫書期間突然接到的「圖騰的統籌」的工作，
幾乎忘記自己是一個中文很破的外國人，這世上還眞的有許多不可思議的工作。
將這些做過的事都列出來，以後還會一直增加吧。
今後如果有人問我：「妳從事什麼工作？」
直到我能大方地回答「我的工作是『青木由香』」爲止，
以這種混亂的路線繼續努力或許也不錯。

最後，我要感謝，
這次的文字比以前還要多，卻以超急件的速度爲我翻譯此書的黃碧君，
教我InDesign的王鐘銘先生，幫我拍封面照片的李建廷先生，
除了在書裡寫了壞話、時間緊迫下才拜託，卻爽快爲本書寫了序文的suming，
爲時間不夠的我想盡各種辦法的編輯沛倫，
還有各位讀者，眞的謝謝大家。

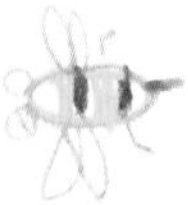